„Metamorphosen"

—

Ein Projekt der Lateinkurse Q1 und Q2 der Gesamtschule Kamen

Mit Beiträgen von

Judith Adler, Ann-Sophie Althaus, Melina Baumann,
Madita Bierkämper, Sarah Büscher, Lina Dreher, Lena
Dryden, Henning Hackstein, Hannah Hauschulte, Henri
Heintze, Luis Holzbrink, Lisa Kassing, Michael Kupka,
Alena Löw, Melina Menzel, Niko Neumann, Marc
Schuler, Pia Schnürer und Solveig Treinies

Herausgegeben von Arnd Joeres

Vorwort

Seit mehr als zweitausend Jahren faszinieren uns die „Metamorphosen" des Publius Ovidius Naso (43 v. Chr. – um 17 n. Chr.). Die große literaturgeschichtliche Leistung der „Metamorphosen" besteht darin, dass sie „dem Abendland den griechischen Mythos vermittelt haben."[1]

Dabei spielt neben dem Götterbild vor allem das Menschenbild eine wichtige Rolle, denn bei Ovid „ist der Mythos ein Repertorium typischer Schicksalsverläufe."[2] Häufig – und dabei sicher für junge Menschen besonders interessant – ist, „in den ‚Metamorphosen' die Bewältigung oder Nichtbewältigung von Problemen (…) zu beobachten: (…) Ein unerschöpfliches Thema ist die Liebe."[3]

Hierin zeigt sich in besonderer Weise die „Nähe zur (…) Tragödie"[4], wie sie z. B. in der Sage von Arachne zu Beginn

---

[1] Michael von Albrecht: Geschichte der römischen Literatur. Von Andronicus bis Boethius. Mit Berücksichtigung ihrer Bedeutung für die Neuzeit. Bd. 1. München, New Providence, London ²1994. S. 523. [= Von Albrecht ²1994]
[2] Michael von Albrecht: Interpretationen und Unterrichtsvorschläge zu Ovids „Metamorphosen". Göttingen ²1990. S. 7. [=Von Albrecht ²1990.]
[3] Von Albrecht ²1990. S. 7.
[4] Von Albrecht ²1990. S. 7. Vgl. auch Michael Albrecht: Ovid. Eine Einführung. Stuttgart 2003. S. 154.

des sechsten Buches oder bei der Darstellung des Todes des Orpheus zu Anfang von Buch 11 deutlich wird.[5]

Die Beschäftigung mit dem Tragischen in verschiedenen Verwandlungsgeschichten bildete einen wesentlichen Aspekt des Unterrichts der Lateinkurse Q1 und Q2. Exemplarisch wurde dies am Beispiel der Geschichten von „Orpheus und Eurydike" und „Pyramus und Thisbe" untersucht.

Aus diesen Untersuchungen entstand schließlich die Idee zu dem Projekt.

Die Schülerinnen und Schüler standen vor der Herausforderung, eigene Verwandlungsgeschichten zu schreiben, die a) Elemente einer (antiken) Tragödie enthalten, b) maßvoll rhetorische Mittel für die Erzählung nutzen und – selbstredend – c) eine Metamorphose enthalten sollte.

Die Ergebnisse liegen nun mit diesem Büchlein vor. Sie können sich sehen lassen.

Und sie zeigen deutlich: Die Beschäftigung mit lateinischer Literatur lohnt sich auch noch nach über 2000 Jahren.

Arnd Joeres

Kamen, im März 2019

---

[5] Vgl. Von Albrecht ²1994. S. 629.

4

Inhalt

Marc Schuler – Die ewigen Jäger

Mina starb zum zwölften Mal. Ein gezielter Schuss in ihr Herz beendete ihr Leben – schon wieder einmal –, als das Publikum gespannt zusah, wie sie ihre letzten Worte hinausschrie: „Wer hätte gedacht, dass solch ein Leben so enden würde?"

Als der Vorhang sich schloss und das Publikum jubelte, half Phillip Mina auf und zusammen gingen sie in die Garderobe. „Wieder einmal eine super Vorstellung!", sagte Phillip. Sie sprang ihm in die Arme und küsste ihn. „Du warst auch nicht gerade schlecht", antwortete sie lachend. Sie war erleichtert. Eine weitere Vorstellung, die absolut makellos verlaufen war.

Es war ihr Lieblingsstück: Eine alte Legende aus vergangener Zeit. Sie erzählte von einem zweigeteilten Tod. Er erschien immer dann, wenn ein Leben sein Ende fand. Während Mina sich immer freute, wenn sie dieses Stück aufführte, hielt ihr Geliebter davon nichts. Er glaubte nicht an die Legende der Jäger. Er glaubte, dass eine Seele wiedergeboren wird und das Leben nie endet.

„Eine schöne Vorstellung", sagte Mina. Ein provokantes Lächeln huschte über ihr Gesicht.

„Das ist doch jetzt auch egal. Ich wollte dich doch zum Essen ausführen, wenn du die Menge begeistert hast", antwortete Phillip. „Habe ich das denn?", fragte sie. „Wie keine andere", erwiderte er und begleitete sie nach draußen.

Am Tag darauf brachen sie zusammen mit dem Rest der Theatergruppe auf, um die nächste Stadt zu erreichen, in der sie ihr Stück aufführten. Nachdem die Pferde vor die Planwagen gespannt waren, stiegen alle auf und fuhren los. Thea und Johannes, welche jeweils eines der beiden Todesgesichter spielten, waren enge Freunde von Phillip und Mina. Alle waren auf dem Weg nach Stillwater, wo das Publikum stets dankbar zu sein schien. Thea glaubte ebenfalls nicht an diese Legende. Sie vertrat die Ansicht, dass die Legende viel zu vorhersehbar erschien, als dass man aus ihr ein Theaterstück schreiben könne.

„Ein Mädchen erlebt etwas Tragisches, der Tod findet das Mädchen, der Tod holt das Mädchen", hatte sie gerade gesagt. Johannes jedoch warf ein: „Eine komplexe Handlung lenkt doch viel zu sehr von einer gut inszenierten Szene ab. Ich habe lieber eine plumpe Geschichte, aber dafür eine mitreißende Darstellung durch uns."

Kurz darauf hielt die Kolonne an. Die Sonne sank langsam am Horizont und es wurde Zeit, das Lager zu errichten. Nachdem alle ihre Schlafstätten errichtet und das Lagerfeuer entfacht hatten, erzählten sie sich Geschichten. Tea und Johannes schliefen währenddessen Arm in Arm ein, während Mina sich an Phillip kuschelte.

Die Nacht brach ein. Jeder schlief ein, nur Mina nicht. Sie war unruhig und dachte darüber nach, wie es dem Mädchen in ihrem Theaterstück wohl erginge. Sie dachte an das strahlende Publikum, welches nicht um das Mädchen trauerte, sondern gespannt nach dem tragischen Ende des Schauspiels gierte. „Was ist los?", fragte Phillip, der gerade aufgewacht war. Mina erzählte ihm, was sie bedrückte. „Nimm dir das Ganze doch nicht so zu Herzen. Irgendwann muss halt jeder sterben. Und du siehst ja, wie das Publikum es sieht: Denen ist es egal, ob das Mädchen stirbt. Sie wollen nur die Szene ihres Todes sehen. Nur dafür haben sie bezahlt." Mina war entsetzt. Wie konnte Phillip so etwas sagen? „Sag doch nicht so etwas Dummes!", murmelte sie.

Um sich zu beruhigen und ihre Gedanken zu sortieren, stand sie auf und ging leise fort. Sie wollte ein wenig Zeit für sich haben und ging in den Wald, wo sie keiner stören konnte.

Sie kam an eine Ruine. Zwischen den Trümmern eingestürzter Häuser standen Felsen, welche in einem Kreis angeordnet waren. Plötzlich vernahm sie ein Flüstern ganz dicht bei ihr, aber doch wie aus weiter Ferne. Sie erschrak und drehte sich um. Hinter ihr war niemand.

„Hoffentlich bilde ich mir das nur ein", dachte sie sich. Doch als sie wieder nach vorne sah, erblickte sie eine weiße, hell leuchtende Kreatur mit Pfeil und Bogen auf einem der Felsen. Wenige Sekunden später schnellte eine weitere, dunkle Kreatur mit scharfen Fangzähnen hinter der ersten hervor. Von Todesangst ergriffen sank Mina auf die Knie.

„Pulsierende Adern. Ein kräftiges Herz! Kann ich es haben?", fragte der Wolf.

„Vielleicht", antwortete das Lamm. *„Wie ist dein Name, Kind?"*

Mina erschauderte. Ist die Legende wahr? Waren das wirklich Lamm und Wolf, die da vor ihr standen? „Wer seid ihr? Was wollt ihr von mir?!", rief sie.

„Oh, du unwissende Schönheit", sagte das Lamm. *„Wir haben viele Namen: Im Norden sind wir der Hirte und der Schlachter. Im Süden der Poet und der Einfallspinsel. Doch egal wo ich bin, sind wir immer das Lamm und der Wolf: Die ewigen Jäger."*

Während Mina diese Worte vernahm, spürte sie, wie der Wolf langsam um sie herumschlich.

„Sag: Welches Ende wäre der Deiner würdig?", fragte das Lamm.

„Wähle weise!", warf der Wolf ein.

„Welche Wahl bliebe mir?", antwortete Mina ängstlich.

„Das Lamm erschießt schnell und schmerzlos jene, die sich ihrem Tod stellen..."

„... während der Wolf jene jagt und zerfleischt, die vor dem Tod davonlaufen!"

„Wenn das so ist, würde ich das Lamm wählen", antwortete Mina. Stille trat ein. Sie schloss ihre Augen und versuchte all das, was sie gerade gesehen hatte, einzuordnen. War all dies wahr? Passierte dies gerade wirklich? Als sie ihre Augen wieder öffnete, waren die Jäger verschwunden. Panik überkam sie und sie rannte zurück zu ihrer Gruppe, doch als sie ankam, lagen alle leblos auf dem Boden. Sie suchte alles ab und fand Johannes, welcher vor Thea lag. Beide hatten Bissspuren am Körper und lagen in ihrem eigenen Blut. Johannes schien sich vor Thea gestellt zu haben, um sie zu beschützen.

Mina hastete von Körper zu Körper und sah ihn: Ihren Geliebten, Phillip. Mit einem Pfeil in der Brust lag er am Lagerfeuer. „Du hast also auch das Lamm gewählt...", schluchzte sie, während sie zu Boden sank. „Warum musstest du sterben und ich nicht?" Da bemerkte sie ein gleißendes Licht auf der anderen Seite des Lagerfeuers. Noch bevor sie genauer hingeblickt hatte, wusste sie, es war das Lamm.

„Deine Zeit ist noch nicht gekommen. "

„Warum habt ihr ihn mir genommen? So früh hätte er doch nicht sterben müssen!", schrie Mina verzweifelt.

„Sag, ist der Tod denn jemals gerecht? " Mina verstummte. *„Unsere Geschichte ist euch Menschen nur als Legende bekannt. Einige mögen an uns glauben, andere nicht. Doch jene, die nie an uns geglaubt haben, schreiten schneller ins*

Jenseits. Du, Kind, besitzt den Glauben. Ich sah dies schon immer. "

Selbst nach dem erneuten Verschwinden des Lammes, weinte Mina weiter. Sie blieb dort, die ganze Nacht. Umgeben von den leblosen Körpern.

Jahre später saß Mina in ihrer Garderobe und betrachtete sich selbst im Spiegel. „60 Jahre sind nun vergangen, doch ich trauere dir immer noch hinterher. Oh sag, mein Geliebter: Wie ist es so im Totenreich?", sprach sie in den Spiegel. „Zumindest hatte ich nie unrecht mit der Legende, meinst du nicht?" Sehnsüchtig betrachtete sie den Spiegel und stellte sich Phillip noch einmal vor. Nach ein paar Minuten kam ein junger Mann herein.

„Madame, wollen sie nicht ihr Kostüm anziehen?"

„Ich ziehe mein Kostüm immer erst im letzten Moment an."

Da entgegnete der junge Mann: „Aber nun ist der letzte Moment." Mina zog sich um und trat auf die Bühne. Sie sah das Publikum, hörte nichts, doch sie spürte die Spannung. Als die letzte Szene beendet war, verbeugte Mina sich. Tosender Applaus ging von der Menge aus. Doch als Mina sich verbeugte, verspürte sie einen stechenden Schmerz in der Brust. Sie erschrak und schaute auf. Sie sah nicht mehr die Gesichter der Menschen im Publikum, sondern nur die Gesichter des Lamms und des Wolfes an den jeweiligen Köpfen der Zuschauer. Mina fiel. Der Saal verstummte, während ihre letzten Worte durch das Theater hallten: „Wer hätte gedacht, dass solch ein Leben so enden würde?"

„Das Leben anzunehmen, bedeutet den Tod zu akzeptieren. Du hattest gewählt, Kind. Ziehe friedlich in das Reich der Toten ein, denn dort wirst du vereint sein mit jenen, die du verloren zu haben glaubtest."

Leblos lag Minas Körper auf der Bühne. Ein Pfeil in ihrer Brust. Dies war ihr Ende.

„Sag mir, kleines Lamm. Hatte sie uns schon vergessen?"

„Sie alle kennen uns noch immer, versuchen aber dennoch uns zu vergessen. Früh genug werden sie alle erinnert werden."

„Und was ist mit diesem Menschen?"

„Halte ein, lieber Wolf. Lass ihn weiterlesen. Doch es kommt der Moment, an dem auch er das Gesicht seines Todes wählen muss. Selbst der Mensch, dessen Augen gerade über unseren Worten schweben, muss entscheiden, welch ein Schicksal er bevorzugt. Und sei dir gewiss, lieber Leser: Das Wann bleibt immer eine Vermutung. Der Tod jedoch ist eine Tatsache."

„Wähle weise, Mensch!"

„Fliehe, oder stehe still."

„Es macht keinen Unterschied!"

„Denn die ewigen Jäger suchen bereits nach dir.“

Alena Löw – Verbotene Liebe

Der junge, gutaussehende Arsenius, geboren im Wunderland Fantasia, lebt in seinem prunkvollen Schloss in einer paradiesischen Umgebung. Sein Vater, der Gott Caelius, beherrscht im Himmel dieses bunte, wunderschöne und fantasievolle Wunderland. Wenn er mit einem gewaltigen Gewitter als Geist am Himmel erscheint, zucken alle dort lebenden Fabeltiere und Insekten zusammen. Alle Pflanzen, Bäume und Pilze lassen ihre Blätter, Äste und Köpfe hängen. Die Sonne verschwindet und der Himmel verdunkelt sich. Das Wunderland verliert für einen Moment sein farbenfrohes Leuchten und wird in ein tiefes Schwarz getaucht. Caelius ist berüchtigt für seine Unbarmherzigkeit und seine strengen Regeln, die er mit aller Macht durchzusetzen versucht. Die Bewohner von Fantasia leben in Angst und haben den Wunsch nach Freiheit, die für sie aber so weit weg zu sein scheint. Wer sich nicht an die Caelius' Vorgaben hält oder das Wunderland zu verlassen versucht, muss mit Bestrafungen rechnen, die mit Verwandlungen verbunden und nicht mehr rückgängig zu machen sind.

Dies bekamen auch die fünf Königinnen Fantasias und ihre Geliebten zu spüren. Da waren die junge, brünette Arbor, Königin der Bäume und ihr Geliebter Fortitudo, der für seine Stärke und seinen Mut bekannt war. Die wunderschöne, blonde Flora, Königin der Blumen und ihr Mann Pavor, der vor vielen Dingen Angst hatte und allen Streitigkeiten aus dem Weg ging. Die rothaarige Funga, Königin der Pilze und ihr Geliebter Comedus, der als Vielfraß bekannt war und auch seine Geliebte zum Anbeißen fand. stachelige Bestiola, die stachelige Königin der Insekten, lebte mit ihrem sensiblen Mann Luctus zusammen, der sehr nah am Wasser gebaut war und wegen jeder Kleinigkeit weinen musste. Die tierverbundene Fauna, Königin der Fabelwesen, und ihr Mann Vanus, der wegen seiner Eitelkeit und Arroganz verhasst war.

Früher wohnten sie als junge Traumpaare in ihren Schlössern in Fantasia. Jedes Paar lebte in seinem eigenen kleinen Königreich ein perfektes Leben in Reichtum und Harmonie, aber auch in Angst vor Caelius. Dieser machte die hübschen, jungen Männer zu hässlichen Gnomen und Zwergen, die von da an gemeinsam mit ihren kleinen Artgenossen die einzelnen Königsschlösser bewachen mussten und nicht mehr mit ihren geliebten Frauen zusammenleben konnten. Diese lebten von nun an als unsterbliche Königinnen einsam in ihren Schlössern und mussten sich an eine weitere Regel Caelius' halten. Sie durften nie wieder mit einem Mann zusammenleben, auch wenn sie Liebe empfänden, und waren gefangen in ihrem Schloss, durften es also nicht verlassen.

Diese Katastrophe ereignete sich, nachdem die fünf Königspaare versucht hatten, unerlaubt Fantasia zu verlassen, um dem unberechenbaren Caelius zu entkommen und ein neues Zuhause zu finden, in dem sie friedlich bis zu ihrem Lebensende leben durften.

Arsenius hatte dieses Ereignis mitbekommen. Nun sah er seine Chance, endlich mit seiner Traumfrau zusammenzukommen und sie heiraten zu können. Denn niemand wusste, dass er sich bereits vor einiger Zeit in die Blumenkönigin Flora verliebt hatte. Da Pavor nun nicht mehr mit Flora zusammenleben durfte und als Gnom das Blumenschloss bewachen musste, stand Arsenius keiner mehr im Weg.

Wenn da nicht der Fluch seines Vaters Caelius wäre, der von Geburt an über ihm liegt. Er besagt, dass Arsenius sich in seinem gesamten Leben nicht verlieben darf. Wenn er dies doch täte, würde sein Vater seine Drohungen der Verwandlungen wahr machen und auch das Leben seines Sohnes für immer zerstören. Da Arsenius dafür bekannt war, sich des Öfteren den Regeln seines Vaters zu widersetzen, war es abzusehen, dass er den Kontakt zu Flora zu suchen begann.

Es ist ein warmer Sommertag und die Sonne lacht am Himmel. Ihre warmen Sonnenstrahlen fallen durch die Kronen der Bäume und lassen Fantasia in all seinen Farben hell erstrahlen. Arsenius läuft rastlos in seinem Schloss auf und ab und überlegt fieberhaft, wie er zu Flora gelangen könnte, ohne dass sein Vater davon etwas mitbekommt. Er weiß, dass dies eigentlich unmöglich ist, da Caelius von seinem Thron im Himmel aus alles beobachtet und sofort eingreift, wenn etwas nicht nach seinen Vorstellungen abläuft. Arsenius ist sich bewusst, dass er es heimlich schaffen muss zu seiner Geliebten zu gelangen, und dafür auch an den Gnomen und Zwergen vorbeikommen muss, die Blumenschloss bewachen. Unter ihnen ist auch der in einen Gnom verwandelte Pavor, in dem von Tag zu Tag mehr Wut hochsteigt, was man von ihm gar nicht kennt.

Arsenius braucht einen Plan, aber er ist ratlos. Diese Ratlosigkeit wird zu Traurigkeit und Wut auf seinen Vater. Warum darf er sich nicht verlieben? Er ist doch ein ganz normaler Mensch mit ganz normalen Gefühlen, der sich verliebt hat – aber auch ein Mensch, der einen Gott zum Vater hat, einen Gott, der seinem Sohn das Glück der Liebe nicht gönnt.

Mit dem Mute der Verzweifelung schleicht sich Arsenius im Schutze der Dunkelheit – wie er meint – aus seinem Schloss, in der Hoffnung im Schutz der Dunkelheit zu Flora zu gelangen. Sein Weg führt durch die Welt der Fabelwesen und zauberhaften Blumen und Bäume, die jetzt, mitten in der Nacht, nachts jedoch gar nicht mehr so wunderschön und mit Sonnenstrahlen durchflutet aussieht. Die dunklen Pilzköpfe und schwarzen, langen Äste der Bäume begleiten Arsenius bedrohlich auf seinem Weg. Hinter den Pflanzen erkennt er die leuchtenden Augen der Fabelwesen, die ihm folgen. Die Pegasus-Dame Pulchritudo und der Phönix Flammeus gesellen sich zu Arsenius und begleiten ihn durch die Dunkelheit. Er fühlt sich nun sicherer und spürt mit jedem Schritt mehr Entschlossenheit in seinem Körper, sich seinem Vater zu widersetzen, endlich seinen eigenen Willen durchzusetzen und zu seinen Gefühlen zu stehen.

Nach einem langen Weg durch Fantasia kommt Arsenius erschöpft mit seinen beiden Begleitern am Floras Schloss der Blumen an. Sie bleiben vor einem Dutzend Gnome und Zwerge stehen, die ihnen finstere Blicke zuwerfen. Pavor erkennen sie sofort, denn er schaut noch etwas finsterer drein als die anderen. Arsenius teilt ihnen sein Anliegen mit, doch die kleine Armee lässt ihn nicht durch. Nach weiteren vergeblichen Versuchen mischt sich Flammeus, der Phönix ein und bietet den Gnomen und Zwergen an, sie aus Fantasia rauszubringen und so Caelius zu entkommen. Er weiß, dass auch sie den Wunsch nach Freiheit und einem neuen Zuhause haben. Arsenius ist überrascht über dieses Angebot und wartet gespannt auf die Reaktion ihrer kleinen Gegner, die ihre kleinen Köpfe zusammengesteckt haben, um zu beraten. Pavor ist zunächst nicht begeistert von der Idee, da es in ihm immer noch brodelt und er Arsenius sein Glück nicht gönnen möchte.

Plötzlich drehen sie sich mit einem breiten Lächeln zu den drei gespannt Wartenden um und verkünden ihr Ergebnis. Sie sind einverstanden mit dem Angebot und geben den prunkvoll mit Blumen geschmückten Eingang des Schlosses frei. Arsenius bedankt sich bei seinen Begleitern und den kleinen Helfern und betritt den Vorhof des prachtvollen

Schlosses. Flammeus begibt sich mit der kleinen Armee der Gnome und Zwerge auf den Weg hinaus aus Fantasia, wie er es versprochen hat. Pulchritudo begleitet sie, um auch sich selbst den Wunsch nach Freiheit endlich zu erfüllen und an einem anderen Ort zu leben, ohne Angst vor Caelius.

Inzwischen kämpfen sich bereits wieder die ersten Sonnenstrahlen durch das Blattwerk der Bäume, und Arsenius weiß, dass er sich beeilen muss, um unbemerkt ins Schloss zu gelangen. Ihm fallen sofort die vielen bunten Schmetterlinge auf, die ihm entgegen geflogen kommen und er ist sofort umgeben von tausenden Blumen und blühenden Ranken. Fasziniert geht Arsenius auf das große Tor zu. Er durchschreitet es und gelangt in das leuchtende, rosa strahlende Schloss. Er schreitet durch ein weiteres Tor und steht in einem großen Saal, in dem sich noch mehr Pflanzen befinden. Weitere Schmetterlinge fliegen auf ihn zu und lassen sich auf seiner Schulter und seinem Kopf nieder. Erleichtert schaut er sich weiter um und überlegt, wie er Flora in diesem riesigen Schloss finden soll. Er begibt sich zu der langen Treppe, die nach oben zu den Türmen führt. Nachdem er hunderte Treppenstufen überwunden hat, sieht er in einem kleinen Zimmer Flora.

Sie sitzt auf einem mit Blumenschnitzereien verzierten Thron, kümmert sich um einige Pflanzen und singt ihnen liebevoll Lieder vor. Ihre langen wunderschönen blonden Haare sind zu einem Zopf geflochten. Ihr prachtvolles rosafarbenes Kleid ist bestickt mit bunten Schmetterlingen und der Rock besteht aus echten Blumen. Als Flora Arsenius bemerkt, bricht ihr Gesang ab, sie erschrickt. Fragend schaut sie ihn an. Arsenius spürt, wie Liebe ihn durchfährt, als ihr Blick ihn trifft, und kann kein Wort sagen.

Flora hingegen erkennt ihn und fragt, ob er nicht der Sohn des berüchtigten Caelius sei und wieso er bei ihr auftauche. Nach einem kurzen Schweigen findet Arsenius seine Worte wieder. Er berichtet Flora von seiner Reise zu ihrem Schloss und den Geschehnissen, die ihm widerfahren sind. Flora ist überrascht und weiß nicht, was sie darauf antworten soll. Ihr Verehrer zeigt Verständnis und versucht, Vertrauen zwischen ihnen aufzubauen. Sie erhebt sich und geht auf Arsenius zu. Ihre Blicke treffen sich und erzeugen eine Spannung zwischen ihnen. Da schüttet Flora ihm ihr Herz aus berichtet von ihrem Schicksal. Gerührt hört Arsenius ihr zu, tritt näher an sie heran, nimmt sie in den Arm.

Sie wissen beide, dass sie in diesem Moment etwas Verbotenes tun und sie mit einer Bestrafung rechnen müssen, wenn sie erwischt werden. Flora fragt, wie Arsenius sich seine Zukunft vorstelle. Sie könne ihr Schloss nicht verlassen und ihm sei es verboten, sie zu besuchen. Sie sei unsterblich und er ein Mensch. Sie werde nach Pavors Bestrafung einen weiteren Verlust nicht überstehen – aber er? Arsenius verspricht immer bei ihr zu bleiben, weil seine Gefühle für Flora einfach zu groß seien, auch wenn er genau weiß, dass er dieses Versprechen nicht halten kann. Nun blickt sie ihn lange an, dann küsst sie Arsenius. Beide vergessen in diesem Moment der Zweisamkeit all die Zweifel, Ängste und Caelius' grausame Regeln. Sie haben nur noch Augen für sich, was ihnen zum Verhängnis wird.

Plötzlich ertönt mit tiefem Grollen eine donnernde Stimme. Erschrocken lösen sich die Liebenden voneinander, denn sie erkennen sofort, wessen Stimme das ist. Caelius spricht zu ihnen und ist außer sich vor Wut. Ein lauter Donner zerreißt die Luft und ein greller Blitz schlägt in das Schloss ein. Die Blumen in Floras Zimmer lassen ihre Blüten hängen und werden von dunklen Nebelschwaden umhüllt. Caelius schreit die beiden an und fragt, was sie sich bei ihrem Handeln gedacht hätten. Sein Sohn nimmt all seinen Mut zusammen und stellt sich schützend vor seine geliebte Flora. Er stehe zu seinen Gefühlen und bereue keine seiner Taten. Er empfinde Liebe und kämpfe von nun an nicht mehr dagegen an.

Die Wut seines Vaters wird immer größer und sein Gebrüll immer lauter. Arsenius fragt ihn, wie er herausgefunden habe, was er macht und wo er sich befindet, auch wenn er weiß, dass sein Vater von seinem Thron aus alles sieht. Seine Antwort schockiert und verwundert die beiden Verliebten, denn Bestiola, die Insektenkönigin, habe sie verraten. Die Schmetterlinge hätten ihr von Arsenius und Flora berichtet. Neidisch auf das Glück der beiden, habe sie das Alleinsein nicht mehr ausgehalten und Flora das Liebesglück mit Arsenius nicht gegönnt.

Was Caelius nun zu tun gedenke, will Arsenius wissen. Der antwortet, dass sie das ja bereits wüssten und er seine Drohungen wahr machen werde.

Die Angst ist Flora und Arsenius, die sich nun fest im Arm halten, ins Gesicht geschrieben. Natürlich wissen sie, was nun passieren wird. Caelius hatte es häufig genug angedroht, aber sie wollen und können sich gegenseitig einfach nicht loslassen. Endlich spricht Caelius die berüchtigten Worte aus, vor denen sich alle Bewohner Fantasias fürchten.

Arsenius, Caelius' Sohn, verschwindet in einer dunklen Nebelwolke. Eben noch vereint, steht Flora plötzlich allein in ihrem Schloss, die Arme noch zur Umarmung ausgebreitet. Tränen laufen über ihr Gesicht. Durch ihre tiefe Traurigkeit und innere Leere färben sich die Blumen auf ihrem Rock schwarz und das rosafarbene Leuchten in ihrem Schloss erlischt. Die dunklen Nebelschwaden ziehen weiter durch das Schloss und den Vorhof. Die Pflanzen dort lassen ihre Blätter und Blüten hängen und die Schmetterlinge liegen regungslos auf dem Boden.

Flora steht immer noch regungslos in ihrem Schloss. Ihre Arme umschlingen jetzt ihren eigenen Körper. Sie blickt durch die hohen Fenster hinaus in den Himmel.

Oben im Himmel auf seinem Thron lacht Caelius laut auf. Er genießt es, seine Macht auszuspielen und andere leiden und in Trauer zu sehen.

Am Abgrund von Fantasia, da wo die Wirklichkeit beginnt und Caelius' Macht zu schwinden anfängt, wächst ein hässlicher grässlicher Giftpilz aus der Erde. Arsenius wird von nun an von allen Bewohnern des Wunderlandes gemieden. Als giftiger Pilz fristet er sein restliches Dasein in Einsamkeit.

Auch in den nächsten Tagen, Wochen, Monaten, Jahren bleiben Floras Blüten schwarz verfärbt und die Pflanzen und Schmetterlinge in ihrem Schloss erholen sich nicht mehr. In tiefer Trauer, die von Tag zu Tag wächst, verbringt Flora die Tage alleine in ihrem Schloss – auf ewig unsterblich verliebt.

Ann-Sophie Althaus – Das Königreich Xander

In dem weit entfernten kleinen Königreich Xander, lebt der König Franz mit seiner wunderschönen Tochter, Prinzessin Anna. Das Schloss, in dem sie wohnen, ist sehr groß. Es gibt ausreichend Zimmer für Anna, Franz und ihre Dienstboten. Vor dem Schloss erstreckt sich ein unfassbar großer Garten, nur bepflanzt mit allen möglichen Arten von Rosen. Der König hatte sie zu Ehren von Annas Mutter gepflanzt, die vor einigen Jahren verstorben war, und sie hatte Rosen geliebt. König Franz vermisst seine Frau sehr und pflegt daher die Rosen jeden Tag mit viel Liebe. Doch nicht nur im Garten, auch im ganzen Königreich gibt es nur Rosen und keine einzige andere Pflanze.

Während der König bei der Pflege der Rosen den Verlust verarbeitet, ist für Anna ihr allerbester Freund Paul eine große Hilfe, um über diese Tragödie hinwegzukommen. Paul ist der Sohn des einzigen Hufschmieds in Xander und kennt Anna schon ewig. Sie verbringen fast jede freie Minute zusammen und können sich alles erzählen. Anna liebt Pauls lange schwarze Haare, die sich einfach nicht bändigen lassen.

Nun ist es Gesetz in Xander, dass jede Prinzessin mit spätestens achtzehn Jahren verheiratet sein muss – und Anna ist vor einer Woche achtzehn Jahre alt geworden. Für Anna ist das bislang kein Problem. Sie liebt Paul, und für beide ist klar, dass sie heiraten werden. König Franz möchte jedoch nicht, dass seine Tochter mit dem Sohn eines Hufschmiedes verheiratet ist. Für Franz gehört es sich nicht für eine Prinzessin, einen Hufschmied zu ehelichen, und – was schwerer wiegt – er kann Paul nicht leiden.

Um Anna nicht zu verletzen, äußert er seine Meinung nicht. Stattdessen organisiert einen großen Ball, an dem Anna ihren zukünftigen Gemahlen kennen lernen soll. Er lädt alle ehrbaren jungen Männer aus Xander und alle Prinzen aus den Nachbarkönigreichen ein. Der einzige junge Mann, der keine Einladung bekommen hat, ist Paul. Das ganze Schloss steckt in den Vorbereitungen für den Ball und Anna hat die ganze Woche keine Zeit sich mit Paul zu treffen. So weiß dieser nichts von dem Ball.

Anna muss stundenlang Kleider anprobieren und das Essen auswählen. Sie ahnt nicht, dass nur junge Männer und Prinzen zum Ball kommen, und ist daher schon ganz aufgeregt.

Am nächsten Tag ist es soweit und Anna geht, wie es sich gehört, in den Ballsaal, um die Gäste zu begrüßen. Als sie hineinkommt, sieht sie nur unbekannte Gesichter und will mit ihrem Vater reden. König Franz jedoch ist gerade mitten in der Begrüßungsrede und spricht vom zukünftigen König von Xander. Als Anna das hört, guckt sie sich suchend nach

Paul um. Verzweifelung überkommt sie, denn sie kann ihn nicht finden.

Sie eilt zu ihrem Vater und stellt ihn zur Rede. Sie will Paul heiraten und denkt, ihrem Vater sei das klar. König Franz erklärt, dass es sich für eine Prinzessin nicht gehört den Sohn eines Hufschmieds zu heiraten. Er möchte etwas Besseres für seine Tochter. Anna hört die harten Worte ihres Vaters, sie ist verzweifelt. Sie liebt Paul und sie versteht nicht, was ihr Vater gegen ihn hat. Annas Vorfreude auf den Ball ist einer betrübten Lethargie gewichen. Alle Gespräche, die die jungen Männer und Prinzen mit ihr führen wollen, blockt sie ab. Jeden, der sie zum Tanz auffordert, wehrt sie mit einer Geste ab.

Endlich verlassen die Gäste den Ball. Anna läuft zu Paul. Sie erzählt ihm alles und will am liebsten nicht mehr zurück ins Schloss. Paul ist sprachlos und kalter Zorn über den König ergreift ihn. Erst spät in der Nacht kehrt Anna ins Schloss zurück, ihr Vater ist noch wach. Er ist wütend über Annas Verhalten. Doch er ist der König. Sein Wort ist Gesetz. Zur Strafe darf sie so lange nicht mehr zu Paul, bis sie verheiratet ist.

Anna rennt weinend davon und schließt sich in ihrem Zimmer ein. Am nächsten Morgen erscheint die Königstochter nicht zum Frühstück, nicht zum Mittagessen und sogar das Abendessen verweigert sie. Sie hofft durch ihr

Verhalten ihren Vater umstimmen zu könne, um so doch noch Paul heiraten zu dürfen.

Jeden Tag lädt der König Franz einen potenziellen Gemahlen für Anna ein. Sie wird gezwungen mit den jungen Männern einen Tag zu verbringen. Sie dürfen das Schloss verlassen und spazieren gehen. Abends wird der jeweilige Mann zum Abendessen eingeladen. Dadurch soll Anna sich verlieben und ihren Ehemann finden.

Paul geht Anna nicht aus dem Kopf, und jedes Mal, wenn Anna mit einem jungen Mann durch Xander spaziert, hält sie kurz an der Schmiede, um wenigstens einen kurzen Blick auf Paul zu erhaschen. Manchmal sind ihre Begleiter nicht sehr gebildet und unterhaltsam. Dann hat sie Zeit, um sich einen Moment länger mit Paul zu unterhalten.

Nachdem Anna sich nach vier Wochen immer noch nicht für einen jungen Mann entschieden hat, schöpft der König Verdacht und lässt seine Tochter von seinen Dienern beschatten. Also wird Anna bei ihrem nächsten Spaziergang verfolgt.

Das Schlosspersonal berichtet König Franz von dem Treffen seiner Tochter mit Paul. König Franz wird wütend und überlegt, wie er Paul loswerden kann. Er will Paul nicht töten oder verletzen. In seiner Verzweiflung wendet sich der König an die Götter. Er fleht sie an, Paul zu strafen.

Die Götter jedoch können diesen Wunsch nicht verstehen, denn der Sohn des Hufschmieds arbeitet hart für seine Familie. Nie hat er etwas Böses getan. Der König jedoch hat alle Rituale zu Ehren der Götter erfüllt. So stehen sie in seiner Schuld. Sie Götter beraten sich und bieten dem König an, Paul in ein Pferd zu verwandeln. Als Gegenleistung für die Erfüllung seines Wunsches muss König Franz jedoch im nächsten Jahr etwas opfern, was ihm wichtig ist. Der König überlegt nicht lange und geht den Handel mit den Göttern ein. In der Schwärze der Nacht wird Paul in einen Rappen verwandelt. Als Paul merkt, was geschehen ist, galoppiert er davon. Niemand soll ihn so sehen, nicht seine Familie und erst recht nicht seine geliebte Anna.

Pauls Eltern bemerken, dass Paul verschwunden ist. Sie suchen ihn, schicken Nachricht in andere Dörfer, doch sie finden ihn nicht. In ihrer Not rufen sie Anna. Nachdem sie erfahren haben, dass Paul auch nicht bei ihr ist, ruft Anna die Ritter des Königs. Doch auch sie können Paul nirgendwo finden und geben die Suche nach drei Wochen auf. Ihre große Liebe ist verschwunden. So sitzt Anna weinend in ihrem Zimmer und starrt aus dem Fenster. Das Leben hat für sie jeden Sinn verloren.

Der König hat erkennt die Trauer seiner Tochter. Schuldgefühle überkommen ihn, und überhäuft er seine Tochter mit Geschenken und Reichtümern. Aber das Glück kehrt nicht wieder in sie zurück.

An eine Hochzeit ist erst recht nicht zu denken. Anna schreit jeden jungen Mann an, der in ihre Nähe kommt. Sie will nur Paul. Sie ahnt nicht, dass es ihn wieder in ihre Nähe gezogen hat.

Der Rappe galoppiert jeden Tag durch Xander in der Hoffnung, dass Anna weiß oder zumindest spürt, was passiert ist, und ihn erkennt. Der König jedoch glaubt daran, dass die Zeit die Wunden heilt. Er hat kein Gespür für den verwandelten Paul.

Die Tage vergehen und den Handel mit den Göttern hat der König längst vergessen. Die Verwandlung von Paul ist nun genau ein Jahr her. Der König kümmert sich wie jeden Morgen um die Rosen in seinem Schlossgarten und geht danach zum Frühstück. Nachdem seine Tochter nicht auftaucht, sucht er sie. Er kann sie nicht finden. Alle Dienstboten müssen sich ebenfalls auf die Suche machen.

Der König hatte noch nie so eine Angst. Den ganzen Tag läuft er im Schloss auf und ab. Er kann nicht schlafen oder essen. Er will nur wissen, wo seine wunderschöne Tochter ist. Irgendwann überfällt ihn die Müdigkeit und er schläft in einem Sessel ein. Am nächsten Morgen ist es sehr dunkel. Dunkle Wolken verdecken das Licht der Sonne, nur wenige Strahlen dringen durch die Düsternis.

Von Entsetzen gepackt überlegt der König wiederum fieberhaft, wohin Anna gegangen sein könnte. Er geht durch

Annas Zimmer, sein Blick bleibt an einem Bild in einem goldenen Rahmen hängen. Es zeigt Anna und Paul. Beide sehen sehr glücklich aus. Unwillkürlich muss der König muss lächeln, als er seine Tochter so glücklich sieht. Plötzlich kommt ihm der Handel mit den Göttern wieder in den Sinn und er bricht in Tränen aus. Plötzlich wird ihm klar, dass Anna nicht freiwillig weggelaufen ist, sondern dass sie das Opfer ist, welches er für seinen Wunsch erbringen muss.

Der König ist untröstlich und bereut seinen damaligen Wunsch. Lieber hätte er den Sohn eines Hufschmiedes als Schwiegersohn gehabt, als gar keine Tochter mehr zu haben.

So vergeht eine Woche der Trauer. Dem König ist klar, dass er den Handel mit den Göttern nicht rückgängig machen kann. Er geht durch den Schlossgarten, um seine Rosen zu gießen. Es ist sehr bewölkt und beinahe schon dunkel. Als er durch den Garten geht, sieht er einen hellen Sonnenstrahl, der auf einen bestimmten Punkt zu fallen scheint. Wie magisch angezogen von dem Licht, geht er auf darauf zu. Der Sonnenstrahl scheint auf einen kleinen Sprössling im Garten. Doch es ist keine Rose, und der König wundert sich, woher der Keimling kommt. Im ganzen Königreich werden seit Jahren nur noch Rosen angepflanzt, und das ist eindeutig keine Rose. Der König – ist es Neugier oder eine vage Ahnung? – kann sich nicht dazu überwinden, den Sprössling auszureißen. Es drängt ihn herauszufinden, was einmal aus ihm werden wird, und er Gefühl, er müsse sich um diesen Spross kümmern.

Durch des Königs Pflege wird aus dem Pflänzchen ein kleiner Apfelbaum. König Franz kümmert sich aufopferungsvoll um ihn. Jeden Tag wird der kleine Apfelbaum gegossen und gedüngt. Irgendwann entdeckt der König einen kleinen Apfel am Baum und freut sich. Er achtet nun noch mehr auf den Baum und behandelt ihn wie sein Ein und Alles. Im Herbst ist aus dem kleinen Apfel ein großer roter und prächtiger Apfel geworden. Dieser erfreut des Königs Herz. Er möchte ihn gerade pflücken, als er ein Geräusch hört. Er guckt sich um und entdeckt ein schwarzes Pferd. Es liegt auf dem Boden, ganz erschöpft und ganz dünn. Es sieht so aus, als habe es seit Monaten nichts mehr gefressen.

Sofort lässt König Franz Wasser und Möhren für das Pferd bringen und hofft, dass es ihm so schnell besser geht. Das Pferd frisst die Möhren und trinkt das Wasser, doch es geht ihm nicht besser. Der König ist traurig. Er möchte dem Pferd so gerne helfen. Das Pferd guckt auf den Apfelbaum und bekommt ganz große Augen. Sofort geht der König zum Apfelbaum. Dann zögert er und schaut den Rappen an. Er wiehert schwach und flehend. Der König pflückt den einzigen Apfel, geht zurück zum Pferd und hält ihm den Apfel hin. Auf einmal sieht es überglücklich aus, frisst den

Apfel aus der Hand des Königs und schließt zufrieden die Augen.

Der König fängt an zu weinen, denn er erkennt, dass das Pferd nicht irgendein Pferd ist. Es ist der verwandelte Paul, und der Apfel, den er gerade gegessen hat, war nicht von irgendeinem Apfelbaum. Es war Anna. Sie hatten die Götter als Gegenleistung für den Wunsch des Königs verwandelt.

Es wird dunkel. Es beginnt zu regnen. König Franz möchte das Pferd wecken und mit ins Schloss nehmen. Er möchte das Pferd gesund pflegen. Doch der König kann das Pferd nicht wecken. Da wird ihm wird klar, dass es gerade gestorben ist und nur so zufrieden aussah, weil es seine große Liebe zuletzt doch noch wiedergefunden hatte.

Melina Menzel – Des Fischers Unglück

Es war ein neuer Tag, als die goldene Sonne über Milos, einer Insel im Ägäischen Meer in Griechenland, aufging. Der Wind brauste und das Meer schlug Wellen, welche wild tobten.

Anatolia war die einzige Tochter des einflussreichen Theodoros. Ihre Familie genoss durch die politischen Ämter ihres Vaters einen hohen Stand in der Gesellschaft. In wenigen Tagen sollte sie auf Verlangen ihres Vaters die Frau des Leonides werden. Dieser war der Sohn einer ebenfalls sehr angesehenen Familie. Um sich von ihren Gedanken zu befreien, hatte sich Anatolia wieder einmal aus dem Haus geschlichen. Sie machte sich auf dem Weg zu ihrem Lieblingsort, dem Sarakiniko. Der Sarakiniko war ein Sandstrand mit Klippen, die weiß wie Schnee waren. Dort konnte sie ungestört ihrer Leidenschaft, dem Schwimmen, nachgehen.

Dort angekommen, sprang sie kopfüber in das Wasser und schwamm anmutig auf das Meer hinaus. Anatolia war eine sehr gute Schwimmerin, da sie mit dem Wasser aufgewachsen war. Aber am heutigen Tag war der Wind besonders stark und so hatte sie die Strömung unterschätzt. Sie versuchte alles, um wieder zurück zum Strand zu gelangen, doch ihre Kräfte ließen nach und so trieb sie weiter auf das Meer hinaus. Zu ihrem Glück blieb dies nicht unbemerkt. Nereos, der Sohn eines Fischers, war zufällig mit seinem Fischerboot unterwegs. Er erkannte Anatolias Notlage und zog die junge Frau, die völlig entkräftet und erfroren war, in sein Boot. Überwältigt von ihren Gefühlen angesichts ihrer Rettung, begann Anatolia plötzlich zu weinen. Nereos versuchte sie zu beruhigen und nahm sie beschützend in den Arm. Nachdem sich Anatolia langsam beruhigt hatte, brachte Nereos sie wieder zurück zum Strand.

Da sie nun zügig zurück nach Hause musste, damit ihr Vater von ihrer Abwesenheit nichts mitbekommt, vereinbarten die beiden, sich am nächsten Tag an gleicher Stelle wieder zu treffen. So konnte sich Anatolia am nächsten Tag bei ihrem Retter bedanken. Von da an stahl sich Anatolia jeden Tag leise aus dem Haus, um sich mit Nereos zu treffen. Sie trafen sich immer wieder am Meeresufer und es kam, wie es kommen musste. Sie verliebten sich ineinander.

Doch diese Liebe traf ein schlimmes Schicksal, da Anatolia in wenigen Tagen die Zwangsheirat mit Leonides bevorstand. Wohl wissend, dass Anatolias Vater diese Liebe niemals zulassen würde, da Nereos aus keiner angesehenen Familie stammte, fassten die beiden den Plan, die Insel gemeinsam heimlich zu verlassen. Sie sahen darin die einzige Möglichkeit ein friedliches Leben voller Glück zu führen. Also stand für Anatolia und Nereos fest, dass sie ein neues Leben weit entfernt von Griechenland starten wollten. Dazu mussten sie jedoch erst auf das Festland. Den Plan wollten Anatolia und Nereos am folgenden Tag im

Morgengrauen ausführen. So schlich sich Anatolia in den frühen Morgenstunden ein weiteres Mal aus dem Haus ihres Vaters, um sich mit ihrem geliebten Nereos an ihrem Lieblingsort zu treffen.

Leider wurde sie dabei von einem der Angestellten ihres Vaters beobachtet. Dieser verständigte Theodoros sofort. Theodoros zögerte nicht lange und rief seine Sklaven zusammen, um seiner Tochter zu folgen. Nereos wartete bereits an der Küste auf Anatolia. Sie sah ihn, rief seinen Namen und ließ sich in seine ausgebreiteten Arme fallen. Gerade als die beiden mit dem Fischerboot ablegen wollten, kam Anatolias Vater mit seinen Männern zum Strand. Theodoros beschuldigte Nereos, Anatolia entführen zu wollen, und ließ ihn verhaften. Anatolia versuchte alles, um ihren Vater davon zu überzeugen, dass sie freiwillig mit Nereos mitgehen wollte, weil sie ihn liebte und ihr Vater die Vermählung mit Leonides niemals nicht absagen würde. Doch niemand wollte sich mit dem mächtigen Theodoros anlegen, und so schenkte niemand Anatolias Worten Glauben.

Während Nereos in das Gefängnis gebracht wurde und dort einsam ausharrte, begleitete Theodoros seine Tochter nach Hause und sperrte sie in ihrem Zimmer ein.

Er sagte ihr, dass sie ihr Zimmer vor der geplanten Hochzeit mit Leonides nicht verlassen werde und er ihr keinen Glauben schenke. Daher werde er die Vermählung mit

Leonides auch nicht absagen. Damit Anatolia ihr Zimmer nicht noch einmal unbemerkt verlassen konnte und die Hochzeit am morgigen Tag stattfinden konnte, ließ Theodoros das Zimmer von seinen Sklaven bewachen. So saß Anatolia den gesamten Tag alleine in ihrem Zimmer. Sie war wütend, traurig und verängstigt zugleich, sodass sie anfing zu bitterlich weinen. Nur ein einziger Gedanke erfüllte sie. Sie musste die Hochzeit mit Leonides verhindern und Nereos aus dem Gefängnis befreien. Da aber beides unmöglich für sie schien, blieb ihr nur ein anderer Weg, die Hochzeit zu verhindern, denn der einzige Mann, den sie jemals heiraten wollte, war Nereos.

Am Tag der Hochzeit floh Anatolia noch vor Sonnenaufgang durch das Fenster. Wieder zog es sie zu ihrem Lieblingsort, den weißen Klippen am Sarakiniko, wo sie Nereos kennengelernt und sich in ihn verliebt hatte. So kletterte Anatolia die weißen Klippen hinauf und beobachtete das Meer. Es war ein schöner Tag. Das Meer war friedlich und es war nur das leise Rauschen von leichten Wellen zu hören. Die Sonne ging auf.

Doch auch diese Umgebenheit schuf in Anatolia keine Ruhe. Sie würde Nereos niemals wiedersehen, ihre einzige Liebe war unerreichbar, es gab nur noch eines zu tun. Das Einzige, was sie nun wollte, war inneren Frieden zu finden. Voll Sehnsucht nach ihrer wahren Liebe Nereos stürzte sie sich von den Klippen in das Meer und verstarb.

An diesem Tag verfärbten sich die weißen Klippen, von denen sich Anatolia gestürzt hatte, jährlich an ihrem Todestag blutrot. Nereos jedoch erfuhr davon nie. Er verbrachte den Rest seines Lebens unglücklich im Gefängnis und verstarb dort. Seine letzten Gedanken widmete er seiner geliebten Anatolia.

Hannah Hauschulte – Silvanus und Anthea

Es war Nacht. Mutig verschwand sie hinter dem großen Gebäude nahe der gewaltigen Stadtmauer Roms. Vorsichtig. Ohne einen Laut. Doch voller Liebe. Sie wusste, dass keiner sie sehen durfte, doch das Risiko nahm sie auf sich. Immer und immer wieder. Es gab keine andere Möglichkeit ihn zu sehen. Ihre Eltern hassten ihn. Er sei nicht gut genug für ihre einzige Tochter Anthea. Sie, die Tochter eines mächtigen Senators, und er, der Sohn eines einfachen Bauern.

Vorsichtig schlich sie an den Wächtern vorbei und durch das Stadttor hinaus. Sie wusste, dass sie, wenn sie entdeckt werden würde, nie wieder, kein einziges Mal, die Chance dazu hätte, ihn wiederzusehen. „Silvanus", dachte sie. „Wie könnte ich auch nur einen einzigen Tag ohne dich leben? Wie sehr wünschte ich, wir müssten uns nicht mehr verstecken! Ich möchte doch nur meine Gefühle, meine Liebe zu dir zeigen, ohne verurteilt zu werden! Eines Tages werde ich deine Frau und wir gehen weg von hier. Weit weg, wo uns keiner kennt. Wo du kein Sohn eines Bauern bist und ich keine Tochter eines Senators."

In dieser Hoffnung verschwand sie, wie jede Nacht, aus der Stadt, durch einen düsteren Wald bis hin zu einer Lichtung, die von einem riesigen Strauch einer Wildrose mit weißen Blüten geziert wurde. Als sie diese erreicht hatte, erblickte sie ihren geliebten Silvanus. Sie schauten sich tief in die

Augen, bis ihre Blicke ineinander verschmolzen. Er nahm ihre Hand, zog sie fest an sich und flüsterte ihr ins Ohr, dass er sie niemals verlassen werde. Silvanus ging zu dem Strauch wilder Rosen, pflückte eine wunderschöne Blüte und steckte diese in Antheas Haar. Dies sei das Symbol ihrer Liebe. Anthea war verzückt, da ihr niemals zuvor solch eine Geste entgegengebracht wurde.

„Ich kann dir keine Juwelen schenken", sprach er, „und kein großes Anwesen bieten, jedoch werde ich dich lieben, wie es kein anderer tun kann. Ich werde dich beschützen und behüten, denn dein Leben steht über meinem. Auch wenn ich nicht bei dir sein kann."

Als Silvanus dies zu Anthea gesagt hatte, blickte er zu Boden. Verwirrt ergriff sie seine Hände. Was hatte er da soeben gesagt? „Silvanus! Du..."

„Ich werde gehen müssen", sagte er bestürzt. Anthea hörte seine Worte, aber sie begriff nicht, was Silvanus ihr damit sagen wollte, sie wollte es nicht verstehen. Ihr Herz schlug so schnell wie noch nie in ihrem Leben. Es durfte einfach nicht wahr sein. Wieso Silvanus? Wieso er? „Du sagtest, dass du mich niemals verlassen würdest", rief sie.

„Ich werde dich auch niemals verlassen, ich werde immer bei dir bleiben. Ich habe keine andere Wahl, es wird von mir verlangt. Ich kann mich nicht dagegen wehren, denn sie brauchen mehr Soldaten für die Schlachten, und ich wurde von der Armee einberufen."

„Das können sie uns doch nicht antun! Ich brauche dich zum Leben. Wenn du im Krieg fällst, dann falle ich mit dir", sagte Anthea in Tränen.

„Sag so etwas nicht", rief Silvanus. „Wenn mir etwas zustoßen sollte, weißt du, dass ich dich immer lieben und aus dem Reich der Toten über dich wachen werde. Wenn jedoch du dir aufgrund meines toten Geistes das Leben nehmen würdest, könnte ich dies niemals aushalten. Denn du hast die Hoffnung auf ein gutes Leben, das verspreche ich dir."

„Wie soll ich Hoffnung auf ein gutes Leben haben, wenn ich es ohne dich leben muss?", fragte Anthea mit zitternder Stimme.

„Anthea, meine Liebste, es ist noch gar nicht entschieden, dass ich den Krieg nicht überleben werde. Ich bin guter Dinge und weiß, dass es mir durch die Hilfe deiner Liebe gelingen wird. Du musst mir nur versprechen, dass du dir, egal was passiert, nichts antun wirst. Versprich mir das", forderte Silvanus.

„Ich verspreche es dir", hörte er Anthea leise sagen.

„Warte bis zum dritten Tag, nachdem die Schlachten beendet sind. Dann kommen die Truppen zurück, und wir werden fortgehen und unser Leben zu zweit in Ewigkeit weiterführen", sagte Silvanus.

Es wurde still. Sie hörten nur noch das Rauschen des Windes, der durch die Blätter wehte. Anthea und Silvanus schauten sich wieder tief in die Augen, bis dieser kostbare Moment durch die Worte „Es ist spät Anthea, ich muss morgen mit den Soldaten beim Sonnenaufgang losziehen", aufgelöst wurde. Sie verabschiedeten sich schweren Herzens und Anthea kehrte zur Stadtmauer zurück.

Am nächsten Morgen wurden die Soldaten mit Jubelschreien verabschiedet. Unter ihnen Silvanus. Anthea ertrug diesen Anblick nicht. Sie rannte weinend nach Hause und sperrte sich ihn ihrem Zimmer ein. Ihre Eltern bemerkten die Traurigkeit ihrer Tochter und forderten sie auf, ihre Zimmertür für sie zu öffnen. Anthea versuchte den Grund ihrer Trauer geheim zu halten, jedoch lag auf ihrem Bett ein Brief, den ihr Silvanus einst geschrieben hatte. Diesen entdeckte ihre Mutter Constantia und fragte empört, ob es sich um Silvanus handeln würde. Anthea versuchte dies abzustreiten, jedoch rief ihr Vater: „Natürlich ist es wegen ihm! Obwohl wir dir den Kontakt und erst recht Gefühle zu ihm verboten haben! Du bist unsere Tochter, du musst uns gehorchen!"

„Was soll ich denn machen? Kein Mensch kann seine Gefühle beeinflussen. Ich liebe ihn nun einmal so sehr", sagte Anthea verzweifelt.

„Du wirst ihn aber niemals heiraten dürfen, schlag ihn dir aus dem Kopf. Wir haben schon längst jemand anderen für dich vorgesehen", sagte Constantia.

„Ihr könnt mich nicht für immer wie euer Eigentum behandeln. Denn eines Tages bin ich hier weg und werde nur mit Silvanus glücklich und mit keinem anderen", schrie Anthea und rannte weinend nach draußen, während ihre Eltern ihr hinterherriefen, was in sie gefahren sei. Sie würden Silvanus niemals an der Seite ihrer Tochter akzeptieren. Doch von nun an lebten sie mit der Angst, dass ihre Tochter mit Silvanus' Hilfe für immer fortgehen und ihn heimlich heiraten werde. So beschlossen sie, dass sie Silvanus aus dem Weg räumen mussten, um Anthea mit einem Mann ihres Standes zu verheiraten. So werde sie bei ihnen bleiben.

Aurelius, Antheas Vater, hatte einen großen Einfluss auf die Armee und viel Geld, mit dem er erreichen konnte, was er wollte. So beauftragte er einen Boten. Dieser solle ein Paket und einen Brief einem bestimmten Soldaten übergeben, der mit in den Krieg gezogen war. Aurelius kannte diesen Soldaten gut. In dem Brief stand die Aufforderung, Silvanus umzubringen, in dem Paket hingegen befand sich eine feindliche Rüstung. Der Mörder solle die Rüstung des Feindes anlegen, damit der Mord wie ein feindlicher Übergriff wahrgenommen werde. So könne man behaupten, dass Silvanus bei einem feindlichen Überfall gefallen sei. Anschließend solle der Soldat Rüstung und den Brief verschwinden lassen. Wenn er diese Aufgabe erledigt habe, würde er fünfzig Aurei erhalten. Dieses Angebot reizte den Soldaten sehr. Dazu war es ein Befehl des mächtigen Aurelius, welchem er hätte nicht widersprechen dürfen, ohne selbst in Gefahr zu raten.

Nachts, auf dem Platz des Zeltlagers der Armee, machte Silvanus einen Spaziergang, um seinen Kopf frei zu kriegen. Er vermisste seine geliebte Anthea so sehr wie nie zuvor und konnte aus diesem Grund nicht schlafen. Leise ging er um die Zelte umher, um die schlafenden Soldaten nicht aufzuwecken. In einem der Zelte jedoch war noch Licht. Das verwunderte ihn, da um diese Zeit normalerweise alle Soldaten vor Erschöpfung tief und fest schliefen. Vorsichtig schaute er durch eine Öffnung des Zeltes, um sicher zu gehen, dass alles in Ordnung war. Als er das Innere des Zeltes erblickte, erschreckte er sich, da er glaubte, einen Feind zu sehen. Als sich der scheinbare Feind jedoch umdrehte, erkannte er den Soldaten, den Aurelius beauftragt hatte. Silvanus wunderte sich. Er konnte sich nicht erklären, weshalb ein Soldat aus seiner Armee eine feindliche Rüstung trug. Der Soldat ging auf den Ausgang des Zeltes zu, um dieses zu verlassen. Schnell versteckte sich Silvanus hinter einem Zelt und wartete, bis der Soldat außer Sichtweite war. Dann schlich er in das Zelt und durchsuchte es. Als er sich genauer umschaute, fand er Aurelius' Brief. Er nahm ihn in die Hand, fing an ihn zu lesen und erschrak. Er wusste, dass Antheas Eltern ihn nicht mochten oder duldeten, aber dass sie ihn so sehr hassten und ihn umbringen wollten, hätte er niemals gedacht. Silvanus war sich bewusst, dass er schnell flüchten müsse, bevor der Soldat ihn finden würde. Noch viel schlimmer war jedoch, dass die Eltern Antheas, sie im Glauben lassen würden, dass er tot sei. Silvanus wusste, dass er zu Anthea zurückkehren musste, um ihr zu zeigen, dass er noch lebte. Schnell nahm er sich ein paar Sachen aus dem Zelt des Soldaten für seine Rückkehr und eilte schnellen Schrittes davon – zurück zu seiner geliebten Anthea.

Antheas Eltern waren überzeugt, dass ein kräftiger Soldat, wie der Beauftragte, den zierlichen Silvanus mit Leichtigkeit umbringen könne, und gingen davon aus, dass dieser nun für alle Mal aus dem Leben ihrer Tochter verschwunden sei. So suchten Aurelius und Constantia ihre Tochter am Tag nach dem vermeintlichen Mordanschlag auf und erklärten ihr, dass Silvanus die Schlachten nicht überlebt habe.

Als Anthea dies erfuhr, brach sie zusammen. In ihr herrschten nur noch Kälte und Einsamkeit. Sie hatte das Gefühl, dass ihr Herz erfror. Alles erschien ihr auf einmal so hoffnungslos. So sinnlos. Nur eines, das wusste sie. Sie hatte Silvanus versprochen am Leben zu bleiben, wenn ihm etwas zustoßen würde. Doch sie wusste, dass sie in ewiger Trauer leben würde, weshalb ihr nun alles egal war, was nun mit ihr passieren werde. Vollkommen leer ging sie zu ihren Eltern und sagte: „Ihr könnt mich mit jedem Mann eurer Wahl verheiraten. Ich werde mich nicht wehren und ihn als meinen rechtmäßigen Ehemann anerkennen." So fand drei Tage später, an dem Tag der Rückkehr von Silvanus, die Hochzeit von Anthea und Victus statt. Victus war der Sohn eines reichen Großgrundbesitzers. Er entsprach genau den Vorstellungen von Antheas Eltern. Doch Anthea hasste ihn.

Als Rom erreichte hatte, lief er auf direktem Wege zu seiner Anthea, um ihr alles zu erzählen. Doch als er an ihrem Haus angekommen war, sah er sie in einem Hochzeitskleid und neben ihr Victus. Der Anblick zerriss ihm das Herz. Er wäre am liebsten zu ihr gerannt, doch er wusste, dass es zu spät war. Doch tief in seinem Inneren war er auch etwas erleichtert, denn er wusste, dass dieser Victus ihr ein gutes und wohlhabendes Leben bieten könne, welches er selbst nie geschafft hätte.

Silvanus verließ die Stadt, ging zur vertrauten Lichtung und legte sich neben den Rosenstrauch. Er wusste, dass es besser war, Anthea nicht die Wahrheit erzählt zu haben. Denn sie hätte sich ihr Leben lang Vorwürfe gemacht und hätte es nicht ertragen können, die Frau eines anderen Mannes geworden zu sein, obwohl Silvanus noch lebte. Doch Silvanus wusste auch, dass er selber mit dem Gedanken, ohne Anthea leben zu müssen, nicht leben konnte. „Hier kann ich nichts mehr für sie tun, aber im Reich des Unendlichen kann ich auf sie warten und sie beschützen", flüsterte er. Er nahm das Schwert, welches er an seiner Rüstung trug und stieß es sich in seine Brust. Blut quoll aus der Wunde und floss in die Wurzel des Rosenstrauches. Die weißen Blüten färbten sich rot, rot wie die ewige Liebe zwischen Silvanus und Anthea.

Henri Heintze – René und Mira

René, Marcel und Ronny sind wütend, sie hassen sich selbst, aber das wissen sie nicht. Sie fühlen sich ungerecht behandelt und zurückgelassen, aber das wissen sie nicht. Was sie jedoch wissen, ist, dass sie Ausländer hassen. Ja, das wissen sie sicher. Vielmehr sind sie sich sicher, dass die Ausländer schuld daran sind, dass ihnen etwas im Leben fehlt.

Die drei jungen Männer haben wieder einmal ihre Stammkneipe „Zum Ochsen" in Zwickau aufgesucht. Hier geben sie ihrem Leben einen Sinn. Hier tauschen sie wie immer ihre Meinungen und Ansichten mit anderen aus und ertränken gemeinsam ihren Frust im Alkohol.

Nach einem ausgelassenen Abend machen sich die drei Betrunkenen auf den Heimweg. Während sie lauthals grölend durch die Straßen stolpern, treten in einiger Entfernung vor ihnen zwei Personen auf die Straße, welche sich irritiert zu den dreien umdrehen. Es sind Mira und ihr Bruder. Die drei beginnen zu pöbeln und gehen schneller, um die Vorausgehenden einzuholen. Sich der drohenden Gefahr nicht bewusst, gehen Mira und ihr Bruder weiter. Mira erschrickt, als ihr Bruder heftig an der Schulter gepackt wird. Sie dreht sich rasch um und blickt in drei vermummte Gesichter.

Jetzt geht alles ganz schnell. Ihr Bruder wird zu Boden geworfen, einer der drei kniet über ihm, die anderen treten beide brutal auf ihn ein. Er schreit und versucht sich verzweifelt gegen die übermächtigen Angreifer zu wehren. Nach Sekunden des Schocks nimmt Mira all ihren Mut zusammen und greift einen der drei an. Doch auch sie hat keine Chance. Sie wird geschubst, stolpert, fällt und ihr Kopf schlägt auf dem nasskalten Asphalt auf. Sofort ist sie bewusstlos.

Kurz darauf spürt sie einen Ruck an ihrem Körper und wacht auf. Erneut blickt sie in die hasserfüllten Augen des Vermummten. Es ist René. Obwohl seine beiden Gefährten bereits von Mira und ihrem Bruder abgelassen haben, stürzt René sich auf Mira und holt zum Schlag aus. Dann… Er kann es nicht tun. Er kann es einfach nicht. Er ist gehemmt. Miras ängstlicher Blick hemmt ihn. In seinem Kopf rasen tausende Gedanken von Hass und Angst. Es scheint, als stehe die Zeit still. Er blickt in die braunen Augen einer unschuldigen hilflosen jungen Frau. Sie sind wunderschön. Ein nie dagewesenes Gefühl überkommt ihn in seinem Herzen und er erschrickt.

„Ey, komm, lass gut sein." Die Worte reißen ihn aus seiner Trance. Verwirrt steht er auf und geht, den Blick auf Mira gerichtet, zu den beiden Wartenden zurück. Er sieht die beiden Personen am Boden und fühlt sich nicht nur schuldig, er ist angewidert von sich selbst. Noch nicht ganz beisammen, wird er von den beiden vom Tatort weggezerrt.

Alles dreht sich. René liegt zu Hause in seinem Bett. Er schließt die Augen, aber es hört nicht auf – im Gegenteil. Aber nicht wegen des Alkohols, sondern weil er reflektiert. Er reflektiert das erste Mal in seinem Leben. Er realisiert, dass er sein ganzes Leben lang eine falsche Denkweise hatte, dass er seinen Selbsthass auf andere projiziert hat. Er hat die Schuld immer bei anderen gesucht, um sie von sich abzukehren. Auch erkennt er, dass er durch die falschen Freunde abgerutscht ist und dort leider den Halt gefunden hat, den er gebraucht hat. Nach einigem Grübeln schläft er ernüchtert ein.

Am nächsten Morgen erwacht René nach einem seltsamen Traum. Er sah eine Blume in der Wüste aufblühen. Er fühlte sich verändert, er fühlte sich offen, er fühlte sich frei und voll neuer Energie. Er war ein anderer Mensch.

Mira hingegen ist erschöpft, sie hat die ganze Nacht bei ihrem Bruder im Krankenhaus verbracht, sie hat voller Sorge auf neue Befunde ihres Bruders gewartet und kein Auge zu bekommen. Dann endlich die Aussage eines Arztes: Ihrem Bruder geht es den Umständen entsprechend gut – dennoch ist sie voller ohnmächtiger Wut. Sie kann nicht fassen, wie Menschen so sein können, sie versteht nicht, wieso man unschuldige fremde Menschen so hassen kann. Nachdem sie eine Anzeige bei der Polizei gemacht hat, ruht sie sich nicht aus, sondern macht sich auf den Weg, um einige Besorgungen für ihren Bruder zu machen. Im Supermarkt sammelt sie hektisch das Nötigste zusammen und geht zur

Kasse. Als die Kassiererin sie dazu auffordert zu bezahlen, bemerkt sie, dass sie in der Eile völlig vergessen hat Geld mitzunehmen. So etwas ist ihr noch nie passiert. Doch da hört sie eine Stimme hinter sich in der Schlange sagen: „Warte, ich bezahle für dich." Es ist René. Als er hervortritt kann er seinen Augen nicht trauen, es ist die junge Frau der vorherigen Nacht. Er erschrickt und weiß nicht was er tun soll. Doch als er bemerkt, dass sie nichts ahnt und sich bei ihm freudig bedankt, bezahlt er für die wenigen Sachen, die Mira besorgt hat. Und geht mit ihr hinaus. Die Gedanken rasen erneut in seinem Kopf. Er fühlt sich so schuldig und bedrückt, am liebsten würde er einfach weglaufen. Ihm wird klar, dass er aus Angst vor den Konsequenzen seines Handels fliehen würde.

Er kann es nicht. Er fühlt sich so stark zu Mira hingezogen, obwohl er sie nicht einmal kennt und sie in der Nacht fast verprügelt hat. Außerdem ist sie dazu noch eine Ausländerin, die er doch so hasst. Trotz allem – oder gerade deswegen? – verspürt er tief in seinem Inneren den Drang sie kennen zu lernen und alles Erdenkliche über sie zu erfahren. Auch sie empfindet eine gewisse Anziehung zu dem jungen Mann, der ihr so selbstlos aus der Klemme geholfen hat. Ihr kommt er vage bekannt vor, so als wären sie sich schon einmal begegnet. Die beiden stellen sich vor und beginnen sich interessiert zu unterhalten, während sie gemeinsam zum Krankenhaus spazieren. Mira vergisst dabei all ihre Wut und die Sorgen um ihren Bruder. Vor dem

Krankenhaus verabschieden sich beiden und beschließen, sich am nächsten Abend in einer Bar zu treffen. Beiden ist die Bedeutung der schicksalhaften Begegnung bewusst. Voller Vorfreude auf den nächsten Tag trennen sich ihre Wege.

René wartet gespannt in der Bar, er hat sich den ganzen Tag auf diesen Moment gefreut, doch als Mira die Bar betritt, sieht sie traurig und erschlagen aus. Sie erblickt René am Tisch sitzend, geht zu ihm hinüber und nimmt Platz. Sofort fragt René, was mit ihr los sei, und nimmt wie selbstverständlich ihre Hand. Sie berichtet von dem schrecklichen Ereignis, das ihr und ihrem Bruder, welcher nun im Koma liegt, widerfahren ist. René fühlt sich schrecklich, einerseits ist er dafür verantwortlich und die Wurzel allen Übels, andererseits hat er sich in Mira verliebt und möchte für sie da sein. Dieser Zwiespalt macht den Abend für beide sehr konfus, denn Renés seltsames Verhalten bleibt ihr nicht verborgen. Sie beginnt sich zu sorgen, was es damit auf sich hat. Aber als René sich nach vorne beugt, um sie zu küssen, sind alle Sorgen vergessen, sie erwiderte den Kuss. Beide fühlten, dass sich nun alle Spannungen zwischen ihnen gelöst haben und sie nun den Abend genießen können. Sie unterhalten sich, trinken, kommen sich näher und lernen sich kennen. Hierbei muss René stets aufpassen, keine unpassenden Details aus seiner rassistischen Vergangenheit preiszugeben. Gerade als sie sich erneut küssen wollen, wird die Tür aufgerissen und zwei bekannte Gesichter betreten den Raum, es sind Marcel und Ronny. René erkennt sie sofort und gerät in Panik. Er wendet sich von Mira ab und verschwindet unter dem Vorwand, auf die Toilette zu müssen. Mira ist verwirrt, schaut sich um und erblickt die beiden Personen an der Tür und fragt sich, ob sie etwas mit Renés plötzlichem Verschwinden zu tun haben. René hingegen hat sich in einer der Toiletten eingeschlossen, ruft Marcel auf seinem Handy an und fordert ihn panisch dazu auf, die Bar mit Ronny zu verlassen. Marcel denkt sich nicht viel dabei und verlässt die Bar mit seinem Freund, der das Gespräch verfolgt hat. Draußen stecken beide sich eine Zigarette an und unterhalten sich, während René angespannt zu seinem Platz zurückkehrt, wo ihn Mira fragt, ob alles gut sei.

Plötzlich laute Motorengeräusche. Quietschende Reifen. Zugeschlagene Autotüren. Zwei Schüsse. Drei vermummte Personen betreten die Bar. René weiß, was das zu bedeuten hat, er steht auf und versucht zu fliehen. Doch ein lautes „Halt!" und das Klicken einer Waffe halten ihn davon ab. Er weiß, es ist um ihn geschehen. Er weiß, er hat es verdient. Er weiß, dass er schuldig ist. Er weiß, dass er verloren hat. Er dreht sich um und blickt in das Gesicht von Ahmad Miri, einem hohen Mitglied des lokalen arabischen Familienclans. Dieser hat die Waffe auf René gerichtet, beschuldigt ihn, Miras Bruder, seinen Cousin, ins Koma geschlagen zu haben. René kniet nieder und antwortet mit einem einfachen Ja, bereit alles zu verlieren. In Ahmads Augen brennt der

Zorn. „Wieso?", fragt er. „Warum hast du das getan?", herrscht er René mit noch lauterer Stimme an. René antwortet voller Reue. „Es tut mir leid." Er blickt Ahmad in die Augen. Ahmad dreht den Kopf zur Seite und ist bereit abzudrücken, doch da springt Mira auf und stellt sich schützend vor René und sagt weinend mit flehender Stimme: „Muss wirklich noch mehr Blut vergossen werden?" Polizeisirenen heulen auf. Ahmad und seine Begleiter fliehen panisch aus der Tür und fahren davon. Mira kniet sich zu René nieder und beide sagen „Es tut mir leid". Er schaut sie verdutzt an, doch sie fährt fort: „Aber ich kann dir nicht verzeihen, niemals. Du hast mir etwas genommen. Das werde ich niemals zurückbekommen." Sie steht auf und geht. Vorbei. Für immer entzwei.

Judith Adler – Anton und Oscar

Es ist eine nasskalte Nacht mitten im April. Wieder einmal eine dieser schrecklichen Nächte, in denen Anton kein Auge zubekommt und es in seinem Bett nicht aushält. Also steht er wieder einmal mitten in der Nacht auf dem Friedhof, am vierten Grab in der Reihe ganz hinten am Waldrand. Am Grab seines Bruders, wo das Grablicht sich rot flackernd im polierten Grabstein spiegelt. Anton steigen Tränen in die Augen und er denkt, wie beinahe rund um die Uhr, an den schrecklichen Unfall, der das Leben der gesamten Familie zerstört hat. Wie hatte es so weit kommen können? Alles hätte Anton dafür gegeben, anstelle seines Bruders unter dem Marmorstein zu liegen.

Sie hatten sich immer gut verstanden, Oscar und er. Als Zwillinge sahen sie sich sehr ähnlich. Das schweißte noch mehr zusammen, da beide gleichermaßen Spaß daran hatten, im Kindergarten und in der Schule die Betreuer und Lehrer hinters Licht zu führen. Beim Gedanken an ihren besten Streich liefen einzelne Tränen Antons Wangen hinunter und sammelten sich an seinem Kinn. Von dort tropften sie in seinen Kragen und hinterließen einen kleinen warmen Fleck, der sich jedoch schnell abkühlte und sich unangenehm anfühlte. Früher waren er und Oscar sich immer einig gewesen. Den besten Streich hatten sie in der Grundschule ausgeheckt. Am alljährlichen Fototag. Anton war schon immer der schüchterne Zwilling gewesen, sein Bruder war deutlich aufgeschlossener. Dementsprechend hatte Anton sich weigern wollen, sich auf den Stuhl mitten in den Raum zwischen Leinwand und Fotografen zu setzen und gezwungen in die Kamera zu lächeln, obwohl er sich vor dem fleischigen Fotografen ekelte. Das hätte natürlich Ärger gegeben, so dass Oscar vorschlug, sich selbst einfach zweimal fotografieren zu lassen. Da die beiden Jungs ohnehin Spaß daran hatten, sich ab und an komplett gleich zu kleiden, taten sie dies auch am Fototag und fädelten alles so ein, dass Oscar doppelt fotografiert werden konnte. Erst unter seinem eigenen Namen, und dann unter dem Namen seines Bruders. Das wurde tatsächlich von niemandem bemerkt, abgesehen von Antons und Oskars Eltern. Die hatten den Fehler natürlich direkt erkannt. Anton kann sich ein trauriges Lächeln nicht verkneifen, als er an ihre Reaktion denkt. Eigentlich hatten die Eltern die Jungs ausschimpfen wollen, die Standpauke endete aber im Gelächter. Dass niemand die Schwindelei bemerkt hatte, und die Familie nun zwei Fotos von Oscar in den Händen hielt, machte die Jungs in gewisser Weise stolz. Da niemand außer der Zwillinge und der Eltern von dem Fehler wusste und ihn wohl auch kein Besucher bemerken würde, wurden beide Bilder im Wohnzimmer aufgehängt.

Wann hatten Anton und Oscar angefangen, sich voneinander abzugrenzen?

Oscar ging ab der weiterführenden Schule in die Parallelklasse von Anton. Als die Klasseneinteilung bekannt gegeben wurde, brach für die Jungs eine Welt zusammen. Der gute Zuspruch der Eltern brachte sie aber dazu, ohne großartiges Genörgel zur Schule zu gehen – wenn auch mit einem schlechten Gefühl im Bauch. Nach einigen Wochen war dieses Gefühl allerdings verschwunden, und sowohl Oscar als auch der schüchterne Anton hatten Anschluss in ihren Klassen gefunden.

Anton denkt an den zwölften Geburtstag von Erik. Erik war in derselben Klasse wie er und der beliebteste Junge dieser Klasse. Als die Einladungen zu seiner Geburtstagsfeier in der Klasse verteilt wurden, bekam Anton auch eine zugesteckt. Es würde der erste Geburtstag sein, zu dem er ohne Oscar hingehen würde.

Der Tag des Geburtstages war gekommen und Anton stand etwas nervös vor Eriks Haustür. Eriks Mutter, die ihm die Tür öffnete, war aber sehr herzlich und gab ihm das Gefühl, gut aufgehoben zu sein. Zum Glück kannte Anton die meisten Gäste, bis auf einen gingen alle in seine Klasse. Der einzige Junge, den Anton nicht kannte war Steffen, Eriks älterer Cousin.

Beim Kuchenessen war die Stimmung gut und Anton war vollkommen integriert. Irgendwann fingen die Jungen an, sich Witze zu erzählen. Als ihnen diese ausgingen, dachten sie sich selbst welche aus. Die Stimmung war super, als Erik einen Witz über das Vergasen von Juden macht, lachten die Jungs. Anton zögerte kurz, er fand den Witz nicht lustig, wurde dann aber von den anderen mitgerissen und wollte nicht als Spielverderber dastehen. Das war der einzige unangenehme Moment auf Eriks Geburtstagsparty, doch rückblickend musste da alles angefangen haben.

Anton erinnert sich an die Jahre danach. Er unternahm immer mehr mit Erik und Steffen. Die Zeit mit den beiden war immer spannend, zudem bewunderte Anton die beiden für ihren Mut, immer zu sagen, was sie dachten, obwohl es häufig nicht dem entsprach, was ihr Umfeld dachte. Erik war innerhalb der Klasse immer noch sehr beliebt und triumphierend stellte Anton fest, dass er mehr mit ihm unternahm, als andere Klassenkameraden. Er genoss die Zeit mit Erik und Steffen, zumal Oscar auch viele Freunde gefunden hatte, mit denen er seine Nachmittage verbrachte. Oscar mochte Erik und Steffen nicht. Er fand die beiden Jungen zu wichtigtuerisch. Das hatte Anton sofort gemerkt und Oscar machte daraus auch kein Geheimnis.

Im Gegensatz zu Oscar und seinen Freunden, welche gemeinsam Schwimmen gingen oder Fußball spielten, saßen Erik, Steffen und Anton meistens vor dem Computer, surften im Internet und hörten dabei Musik. Sie beschäftigten sich viel mit Themen rund um Deutschland, schließlich konnte man laut Steffen stolz darauf sein, hier geboren zu sein.

Anton denkt an den Tag, an dem die Jungs im Netz auf eine Seite stießen, welche „Die 15 größten Probleme in Deutschland" beschrieb. Laut dieser Homepage waren die Menschen, welche aus anderen Ländern nach Deutschland kamen, um sich dort „einzunisten", eines der größten Probleme. Erik, Steffen und Anton waren davon nicht überrascht und es kam Wut auf diese Menschen auf. Sie suchten nach Organisationen, welche dazu dienten, Deutschland zu sichern und gegen diese „Eindringlinge" vorzugehen. Relativ schnell hatten sie eine Gruppierung gefunden, welche sich mit dieser Thematik beschäftigte und in der sie willkommen waren. Das Engagement der Jungs war groß und sie trafen sich häufig mit anderen Mitgliedern der Gruppe.

Oscar und seine Freunde wurden ebenfalls politisch aktiver, engagierten sich aber vor allem für Gleichberechtigung. Als Oscar zufällig von Antons Überzeugungen erfuhr, reagierte er heftiger, als Anton es erwartet hatte. Es gab einen lautstarken Streit. Oscar bezeichnete Erik und Steffen als „Vollidioten" und „schlechten Einfluss", was Anton wütend werden ließ. Schließlich machten sie ja nichts Schlimmes, sondern wollten nur das Beste für Deutschland. Oscar wollte, dass Anton sich zwischen seinen Freunden und seinem Zwillingsbruder entschied. Er erklärte Anton, dass er nichts mit einem Menschen zu tun haben wolle, der eine solche Organisation unterstützt. Auch nicht, wenn dieser sein Zwillingsbruder sei. Anton erklärte ihm in seiner Wut, dass er sich ganz sicher nicht gegen seine besten Freunde stellen werde. Nach diesem Streit sprachen die Brüder nur noch das Nötigste miteinander. Als die Eltern sich einschalten wollten, erfuhren sie von keinem der beiden den Grund für ihren Streit.

Anton wird schlecht, als er an die damalige Situation zuhause und dann an den schrecklichsten Tag seines Lebens zurückdenkt.

Für einen Samstagmorgen im März war eine Demonstration geplant, welche Anton mit Erik und Steffen besuchen wollte. Steffen fuhr mit den beiden Jungen zum Veranstaltungsort. Dort angekommen, öffnete er seinen Kofferraum und holte neben den üblichen Bannern und schwarzen Masken drei Schlagstöcke heraus. Triumphierend hielt er sie Anton und Erik vor die Nase. Anton schluckte. Dennoch war er, genau wie Erik, beeindruckt. Beide fühlten sich besonders stark, als sie sich mit ihren Waffen unter die Leute mischten.

Nach einiger Zeit kam Unruhe auf. Die Demonstranten waren nicht mehr unter sich. Eine Menschenmenge aus Gegendemonstranten hatte sich auf der anderen Straßenseite versammelt und die beiden Gruppen kamen sich immer näher. Kurz dachte Anton darüber nach, sich von der Menge zu entfernen. Dann dachte er an den Stock in seiner Hand, der ihm Sicherheit gab. Er umfasste ihn fester und wühlte sich durch das Gedränge. Als Anton sich umsah, entdeckte er Erik und Steffen. Die beiden feuerten gerade einen jungen

Mann ihrer Gruppe an, welcher sich mit einem der Gegendemonstranten prügelte. Anton stellte sich zu ihnen. Er begann, den Mann ebenfalls anzufeuern. In dem Moment wurde Anton von hinten grob um die Schultern gepackt. Blitzschnell drehte er sich um und schlug mit seinem Stock auf den Angreifer ein, der ihn festhalten wollte. Ein Schlag musste geglückt sein, denn die Person sank zu Boden. Als Anton seinen Bruder erkannte, drehte er sich um, kämpfte sich durch die Menge und verließ fluchtartig die Demonstration.

Anton kann ein trockenes Schluchzen nicht verhindern. Noch immer spürt er das Gefühl, wie der Stock den Menschen traf, den nachlassenden Druck an seinen Schultern und das Entsetzen, als sein Blick auf die Person vor seinen Füßen fiel.

Und nun steht er hier. Mitten in der Nacht auf dem Friedhof. Am Grab seines eigenen Zwillingsbruders. Und das Schlimmste ist, dass er selbst daran schuld ist.

In dem Moment wird Anton etwas klar. Er muss sich der Polizei stellen und die Ungewissheit beseitigen. Denn die ist das Schlimmste für seine Familie. Oder ist es schlimmer, wenn man weiß, dass das eigene Kind seinen eigenen Bruder umgebracht hat? Doch das spielt jetzt auch keine Rolle mehr. Erik und Steffen werden auf ihn verzichten müssen. Anton wird sich der Organisation anschließen, in der Oscar aktiv war – nach seiner Haftstrafe. Vielleicht fühlt er sich seinem Bruder dann näher und kann sich selbstständig für etwas engagieren, was er auch wirklich unterstützt.

Mit diesem Entschluss wirft Anton noch einen letzten Blick auf das rot flackernde Grablicht und verlässt leise den Friedhof.

Lena Dryden – Tom und Carl

„Irgendwie habe ich Angst vor morgen. Ich meine, natürlich bin ich auch stolz, endlich ein Mann zu werden, aber niemand weiß, was genau passieren wird. Ich finde diese Ungewissheit schrecklich." Nervös wippte ich von einem Fuß auf den anderen. Mein bester Freund Carl lachte und legte seine Hand beruhigend auf meine Schulter.

„Tom, alles wird gut. Es haben schon so viele andere vor dir geschafft! Du stirbst doch nicht, wenn du zum Mann wirst. Eher im Gegenteil: Dein Leben fängt erst so richtig an! Endlich nehmen die Leute dich ernst!" Er seufzte und setzte sich auf die rote Backsteinmauer, die unsere Schule umgab. „Gott, ich kann es kaum erwarten, auch endlich ein Mann zu werden!"

Carl war schon immer der optimistischere von uns beiden gewesen. Ich dachte immer viel zu viel über alles nach, hatte Angst vor den unnötigsten Dingen. Was mich allerdings am meisten besorgte, war Carls und meine Freundschaft. Ich hatte beobachtet, dass all die Jungs, die zu Männern geworden waren, sich plötzlich von ihren jüngeren Schulfreunden abgewandt hatten und auch mit ihrer Familie nur noch eine eher distanzierte Beziehung führten. Was, wenn mir das auch passieren würde? Die Freundschaft mit Carl war für mich das Wichtigste auf dieser Welt. Meine Eltern waren bei einem Autounfall gestorben, als ich noch ein kleines Kind war, und Carl war schon damals immer für mich da gewesen. Natürlich hatte ich noch meinen Onkel Arthur, bei dem ich lebte, doch wir hatten uns noch nie so wirklich nahegestanden. Er war ein sehr verschlossener Mensch, und ich war wahrscheinlich die einzige Person, mit der er außerhalb seiner Tätigkeit im Stadtrat überhaupt sprach. Deswegen war Carl so ziemlich meine einzige Bezugsperson, wenn es um irgendetwas Persönliches ging. Wenn ich ihn nicht mehr hätte, wüsste ich nicht, was ich tun sollte.

„Ich habe Angst, dass ich mich vielleicht von dir abgrenzen werde", sagte ich leise, während mein Blick zum Boden wanderte. Carl lachte, wurde aber ernster, als er den Ausdruck in meinem Gesicht sah.

„Tom, hör mir zu. Du bist nicht so ein Typ wie Jonas und die anderen Idioten, die sich, seit sie zu Männern geworden sind, für etwas Besseres halten und denken, der Kontakt zu Jüngeren ruiniere ihren Ruf. Dir ist so etwas doch total egal! Es ist ja nicht so, als würdest du auf einmal deine komplette Persönlichkeit verlieren." Er warf mir ein aufmunterndes Lächeln zu, welches ich, nicht vollkommen überzeugt, erwiderte.

„Und selbst wenn du einer von diesen hochnäsigen Schnöseln wirst", grinste Carl, „in einer Woche werde ich auch 16, dann können wir zusammen hochnäsig sein."

Bei der Vorstellung musste ich schließlich auch lachen, und als die Schulglocke uns mit ihrem schrillen Klingeln aufforderte, in den Unterricht zurückzukehren, fühlte ich mich schon deutlich entspannter.

Als ich nach Hause kam, begrüßte Onkel Arthur mich lächelnd und fragte, ob ich schon aufgeregt sei, was mich ein wenig verwirrte. Normalerweise begrüßten wir uns knapp (oder gar nicht) und gingen dann unseren eigenen Tätigkeiten nach.

Er schien mir meine Irritation anzusehen, denn er fügte hinzu: „Morgen ist dein großer Tag. Ein Mann zu werden ist eine große Ehre, und ich bin stolz auf dich. Ich weiß, dein Vater wäre es auch."

Mein Vater war, als er noch lebte, ebenfalls Mitglied im Stadtrat gewesen. Das heißt, er wäre einer der Männer gewesen, die morgen bei meiner Zeremonie dabei gewesen wären. Er hätte mich zwar nicht beaufsichtigen dürfen, weil wir verwandt waren, aber es hätte mir doch ein Gefühl von Sicherheit gegeben, zu wissen, dass mein Vater die Prozedur, die mir so beängstigend erschien, schon so oft miterlebt hatte.

Natürlich hatte Onkel Arthur das auch, aber er war, wie bereits erwähnt, kein Mann der großen Worte, deshalb redete er nie über seinen Job und konnte mir somit auch nicht wirklich die Angst vor morgen nehmen.

Ich nickte Arthur mit einem leichten Lächeln zu und begab mich dann in mein Zimmer. Sofort ließ ich mich auf mein Bett fallen.

Was würde morgen passieren? Würde ich bloß ein paar Formulare ausfüllen müssen? Oder würde es eine Prüfung geben? Was, wenn ich sie nicht bestehen würde? Ich hatte noch nie von einem Jungen gehört, der an seinem 16. Geburtstag nicht zum Mann geworden war. Das könnte nun entweder heißen, dass die Zeremonie keine schwierige Prüfung enthielt und quasi jeder sie bestehen könnte, oder... Was, wenn es Jungen gab, die sie nicht bestanden hatten? Was, wenn ich davon nur noch nie gehört hatte? Was, wenn ich einer von diesen Jungen sein würde? Oh Gott, Onkel Arthur würde so enttäuscht von mir sein, Carl würde nicht wissen, was mit mir passiert wäre, und mein Vater....

Arthur meinte, er wäre stolz auf mich. Aber wäre er das auch, wenn ich morgen versagen würde?

Mein Wecker riss mich aus meinem unruhigen Schlaf. Es war 7 Uhr. Zeit zu frühstücken, mich anzuziehen und ein Mann zu werden. Ich überlegte kurz, was wohl passieren würde, wenn ich einfach liegen bliebe, verwarf den Gedanken jedoch schnell wieder. Ein echter Mann ließ sich schließlich nicht von seinen Ängsten kontrollieren.

Nachdem ich mich fertig gemacht hatte, stieg ich zu Onkel Arthur ins Auto und wir machten uns auf den Weg nach Ordinem, unserer Hauptstadt. Unser Dorf lag näher an der Stadt als die anderen Dörfer, daher mussten wir nur ungefähr 20 Minuten fahren. Als Kind hatte ich Onkel Arthur immer gefragt, was hinter dem Zaun war, der die Dörfer und ihre

Hauptstadt umrahmte, doch er hatte jedes Mal die gleiche Antwort gegeben: „Niemand weiß es. Wichtig ist nur, dass du den Zaun nicht überquerst, denn das wäre furchtbar gefährlich." Als Mitglied des Stadtrates und einer der engsten Vertrauten von Bürgermeister Hammer wusste er sicherlich mehr über die Welt dahinter, als er mir verriet, doch irgendwann verstand ich, dass er mir, egal wie oft ich ihn mit meiner Fragerei nervte, nicht mehr sagen würde.

Die Fahrt verlief ereignislos. Die meiste Zeit herrschte angespannte Stille, die ich damit verbrachte, aus dem Fenster zu schauen und an alles, nur nicht an das bevorstehende Ereignis, zu denken.

Onkel Arthur parkte auf dem Mitarbeiterparkplatz des Rathauses und stieg aus dem Auto aus.

„Bereit?", fragte er, die Andeutung eines Lächelns auf dem Gesicht. Ich atmete tief durch und dachte an meinen Vater. Ich wollte ihn stolz machen.

„Ja", sagte ich, doch meine Stimme klang nicht ganz so fest, wie ich es mir gewünscht hätte.

Mit jeder Stufe der Rathaustreppe, die wir emporstiegen, wuchs meine Angst. Mein Herz klopfte so stark, dass es mir fast aus der Brust sprang, was mir sehr peinlich war. Das war kein besonders männlicher Auftritt, den ich hier hinlegte.

Wir hatten das Ende der Treppe erreicht. Ich schaute noch ein letztes Mal an dem großen grauen Gebäude hoch, bevor ich die Glastür öffnete und es, gefolgt von Onkel Arthur, betrat. Die Eingangshalle war menschenleer, bis auf Bürgermeister Hammer und fünf Männer in schwarzen Anzügen, die vor einer großen, weißen Tür standen.

„Guten Morgen, Arthur", begrüßte Bürgermeister Hammer Onkel Arthur freundlich, und nachdem Arthur ihm zunickte, wandte er sich mir zu.

„Hallo Tom", sagte er in einem warmen Tonfall und streckte seine Hand aus. Ich presste ein bemitleidenswertes „Tag" heraus und schüttelte sie.

„Na, na, den festen Händedruck üben wir aber noch mal", lachte er und klopfte mit seiner Hand auf meine Schulter. Etwas zu mir vorgebeugt sagte er, so leise, dass nur ich es hörte: „Du brauchst keine Angst haben. Dir wird nichts passieren.". Als er sah, dass ich mich ein wenig entspannte, nahm er die Hand von meiner Schulter und zeigte auf die Tür.

„Da geht's rein. Bist du bereit?"

Ich schaute zu Onkel Arthur, der mir ermutigend zunickte und schloss für ein paar Sekunden meine Augen. Ich brauchte keine Angst haben. Ich schaffte das. Mein Vater wäre stolz auf mich.

Ich öffnete die Augen und bewegte mich mit selbstsicheren Schritten auf die Tür zu. Ich dachte nur an meinen Vater. Einer der Männer öffnete sie, und ich weiß nicht, was ich erwartet hatte, aber ich blieb überrascht stehen. Der Raum war fast leer. Er war rechteckig, hatte weiße Wände und einen dunkelgrauen Fliesenboden. An der gegenüberliegen Wand hing eine weiße Leinwand, neben der sich ein Tisch, auf dem ein Laptop stand, und eine weitere große, weiße Tür befanden. Das war alles? Hier würde ich zum Mann werden? Einerseits fiel mir ein großer Stein vom Herzen, weil an diesem Ort wirklich nichts Angst einflößend war, aber andererseits brachte er noch mehr Fragen in mir auf. Was zur Hölle würde hier passieren?

Bürgermeister Hammer kam auf mich zu. „Nimm die hier", sagte er und streckte seine Hand aus. In seiner Handfläche befand sich eine kleine blaue Kapsel. Zögernd nahm ich sie in meine Hand.

„Warum… ?" Er unterbrach mich. „Keine Fragen. Nimm sie einfach." Seine Stimme war noch immer freundlich, doch ich erkannte eine gewisse Härte darin. Normalerweise würde ich niemals etwas einnehmen, von dem ich noch nicht einmal wusste, was es war, doch heute war nichts normal. Ich wurde zum Mann, und wenn das hieß, dass ich diese Kapsel schlucken musste, dann schluckte ich halt dieses verdammte blaue Ding. Hammer überprüfte, ob sie noch in meinem Mund war, und als er sicher war, dass sie sich in meinem Körper befand, schritt er auf die gegenüberliegende Seite des Raumes zu.

Einer der Männer schaltete den Beamer, der an der Decke hing, an, und es erschien eine Art Karte auf der Leinwand. Die Karte war größtenteils weiß, nur sechs ziemlich kleine, weit auseinander liegende schwarze Flecken waren auf der Fläche verteilt. Es sah ein wenig so aus, als hätte jemand Tinte auf ihr verspritzt. „Das, was du hier siehst", er deutete auf einen mittig liegenden Fleck, „sind wir. Das sind Ordinem und die vier Dörfer. Und das hier", er verwies mit kreisenden Handbewegungen auf die restlichen Flecken, „sind fünf weitere Städte mit insgesamt 25 anliegenden Dörfern." Ich schluckte. Das machte keinen Sinn. Wenn es noch weitere Menschen auf diesem Planeten gab, wieso war das ein Geheimnis? Wieso gab es einen Zaun, der uns von dem Rest der Welt abgrenzte? Und wieso hatte Onkel Arthur immer und immer wieder betont, wie gefährlich es wäre, den eingezäunten Bereich zu verlassen?

„Du fragst dich jetzt sicherlich, warum das das erste Mal ist, dass du davon hörst. Nun, das hat mit dem Plan zu tun, der hinter dem Konzept dieser Zeremonie hier steckt." Hammer begann, langsam vor der Leinwand auf und ab zu schreiten, während er mit dem Kugelschreiber in seiner Hand spielte. „Wir haben vor geraumer Zeit von den anderen Menschen erfahren. Einer unserer Männer wollte mit seinem Sohn im Wald jagen gehen und sie verliefen sich. Tagelang irrten sie im Nirgendwo herum, bis sie eine uns vorher unbekannte

Stadt fanden. Das", er deutete auf den Fleck, der sich am nächsten an Ordinem befand, „ist Castra. Nachdem uns ihrer Entdeckung berichtet wurde, begannen wir, die Gegend zu erforschen. Castra war die erste von fünf Städten, die wir fanden. Wir kennen den gesamten Planeten nun in- und auswendig und wissen, wo sich alles befindet. Doch wir haben nie Kontakt zu den Menschen aufgebaut. Das Beste, was daraus hätte kommen können, wäre ein friedliches Zusammenleben, aber ich…", er stockte, „*wir* wollen mehr. Und hier kommst du ins Spiel: Wir bauen eine Armee auf, bestehend aus allen Männern unserer Region. Mit ihrer Hilfe können wir die Macht über den ganzen Planeten ergreifen! Die anderen Menschen wissen gar nicht, dass wir existieren, also rechnen sie sicherlich nicht mit einem Angriff. Es wäre leichte Beute. Und du, als Soldat dieser Armee, hättest natürlich einen hohen Rang in unserer neuen Gesellschaft."

Ich wusste nicht, was ich sagen sollte. Meine Gedanken kreisten wirr in meinem Kopf herum und ich hatte Schwierigkeiten, meine zitternden Hände im Griff zu behalten. Armee? Das hörte sich alles andere als verlockend an. Ich wollte nicht die Art Mensch sein, die gewaltsam in die Heimat anderer Menschen einbrach und ihnen alles nahm, nur um selbst davon zu profitieren. Vor allen Dingen nicht, wenn diese Menschen rein gar nichts Schlechtes getan hatten. Ich wollte aufstehen und Bürgermeister Hammer meine Meinung sagen, doch ich konnte meinen Mund nicht öffnen. Die Angst und der Schock über das neue Wissen lähmten mich. Wer weiß, was diese (offenbar verrückten) Menschen tun würden, wenn sie merkten, dass ich bei ihrem Plan nicht mitmachen wollte. Hammer schien auch gar nicht zu erwarten, dass ich etwas sagte, denn er redete einfach weiter:

„Um Teil dieser Armee und damit ein richtiger Mann zu werden, musst du nur eine einzige Aufgabe erfüllen. Als eine Art Treuebekenntnis, du verstehst", er warf mir ein entschuldigendes Lächeln zu. „Keine große Sache. Alles, was du tun musst, ist diesen Mann zu töten."

Die zweite Tür ging auf, und ich erschrak, als ein weiterer Mann im schwarzen Anzug einen Rollstuhl in den Raum schob, in dem ein sehr alter Mann saß. Bürgermeister Hammer legte mir einen Dolch in die Hand. Ich fing an, furchtbar zu schwitzen und meine Augen begannen zu tränen. Einen Menschen töten? Ich? Niemals! Mir wurde so schlecht, dass ich mich fühlte, als würde ich mich gleich hier in diesem Moment auf den Boden übergeben müssen. Das war ein lebender Mensch. Ich sollte diesem Menschen das Leben nehmen. Nein! Das konnte ich nicht. Und wenn sie mich dafür umbringen würden. Ich würde für nichts in der Welt einen anderen Menschen verletzen, geschweige denn töten!

„Nein", krächzte ich leise und ließ den Dolch aus meinen schweißnassen Händen fallen.

„Was?", fragte Bürgermeister Hammer äußerst erstaunt, als würde er tatsächlich nicht verstehen, warum man dieses Angebot ablehnen könnte. Auch die Männer in den schwarzen Anzügen schauten mich verwirrt an.

„Nein. Ich werde keinen Menschen töten. Ich will auch kein Teil eurer Armee sein." Ich versuchte, so ruhig wie möglich zu klingen, und auch, wenn es mir nicht vollkommen gelang, erwies ich mich besser, als ich gedacht hätte.

„Sir, hat er die Kapsel wirklich geschluckt?", fragte einer der Männer vorsichtig. Bürgermeister Hammer, der nun deutlich gestresst aussah, kaute an seinen Fingernägeln und nickte. „Wie kann das nur sein, wie kann das nur sein?", murmelte er, während er immer schneller auf und ab schritt. Dann blieb er abrupt stehen. „Bringt ihn in den Kerker!", rief er mit schriller Stimme, und zwei der Männer packten mich links und rechts an meinen Armen und schleiften mich aus der zweiten Tür hinaus und eine Treppe hinunter. Ich wollte schreien, doch meine Kehle war wie zugeschnürt. Wer sollte mir auch helfen? Arthur? Nein. Er war Mitglied des Stadtrats, er war *Teil* der ganzen Sache... Wie mein Vater es gewesen war. Bei dem Gedanken, wie mein Vater dabei zusah, wie Jungs in meinem Alter irgendwelche Menschen töteten, schossen mir die Tränen in die Augen. Ich hatte mich so in ihm getäuscht. Die ganze Zeit über wollte ich ihn stolz machen, dabei hatte ich ihn anscheinend gar nicht richtig gekannt.

Unten angekommen standen zwei muskulöse Männer in Lederjacken, anscheinend Wachen, vor einem eisernen Tor. Die Männer, die mich festhielten, warfen mich gegen die Wachen und einer der beiden sagte: „Sperrt ihn ein! Er scheint immun gegen die Kapseln zu sein, also hat er seinen freien Willen behalten! Er würde wohl auch nicht der männlichen Schweigepflicht nachkommen, wenn er frei herumliefe. Er ist eine Gefahr für den gesamten Plan. Also bewacht ihn gut!"

Die Wachen nickten und zerrten mich unsanft durch das Tor in eine Zelle. In dieser befanden sich ein kleines klappriges Bett, eine Toilette und ein Waschbecken. Ich setzte mich auf das Bett. Das war's dann wohl. Noch nicht einmal weinen konnte ich mehr, so sehr überforderten mich meine Gefühle. Sie wollten mich willenlos machen, damit ich diesen Mann tötete und Teil ihrer Armee würde. Ich verstand endlich, warum Jonas und die Anderen sich von ihren Freunden abgewandt hatten; nicht, weil sie sich für etwas Besseres hielten, wie Carl es immer vermutet hatte, sondern weil diese Kapseln sie dazu zwangen! Es gab eine „männliche Schweigepflicht", die ihnen verbot, mit irgendjemandem über die Zeremonie und den Plan zu reden! Würden sie ihren Freunden davon erzählen, wären diese sofort abgeschreckt und das ganze Konzept würde nicht funktionieren. Ich musste versuchen, die anderen Jungs vorzuwarnen, ich musste einfach! Meine Gedanken wurden unterbrochen, als ich meinen Namen hörte.

„Tom Bennet? Der Sohn von Luna und Isaac Bennet?". Das war eine der Wachen.

„Ich glaube schon, erwiderte der zweite Mann. „Würde passen, der Apfel fällt ja bekanntlich nicht weit vom Stamm. Unfassbar, dass Isaac mit so jemandem wie Arthur verwandt war. Daran sieht man mal wieder, dass Brüder so unterschiedlich sein können."

„Absolut. Wäre Arthur damals nicht gewesen, hätten Isaac und Luna wahrscheinlich alles, wofür der Bürgermeister so hart gearbeitet hat, kaputtgemacht, nur weil sie ihren dämlichen Frieden wollten. Aber Arthur hat echte Loyalität bewiesen, als er dem Bürgermeister von ihrem Plan erzählt hat. Ich habe echt Respekt vor ihm. Seinen eigenen Bruder für das größere Wohl zu verraten, ist echt mutig."

Ich konnte ihnen nicht weiter zuhören, mein Körper gab nach. Es war einfach alles zu viel für mich. Alle Informationen, die ich heute erhalten hatte, prasselten auf mich ein und bohrten sich wie Nadeln in meine Brust. Bürgermeister Hammer wollte eine Armee aufbauen und die Weltherrschaft übernehmen. Ich sollte einen Menschen töten. Ich war immun gegen die blauen Kapseln. Onkel Arthur hatte meinen Vater, der offenbar ein Widerstandskämpfer gewesen war, verraten. Mir wurde schwarz vor Augen.

Ich war nun schon seit einer Woche in dieser Zelle, und so langsam hatte ich mich damit abgefunden. Ich bekam jeden Tag zwei Mahlzeiten und Wasser, sie hatten mir sogar einen Block und einen Stift gegeben, also hatte ich die Möglichkeit, meine Gedanken aufzuschreiben. Ich hatte so viele, dass der Block bereits fast voll war. Aber das war mein neuer Alltag. Ich wusste, dass ich mein ganzes restliches Leben hier verbringen würde, und es gab nichts, was ich dagegen tun, und niemanden, der mir helfen konnte. Ich wollte gerade mit einer neuen Seite anfangen, als zwei Männer im Anzug vor meiner Zelle erschienen. „Aufstehen, mitkommen.", sagte einer der beiden und zeigte dabei auf mich.

Etwas verwirrt erhob ich mich und trat aus der Zelle, die der zweite Mann geöffnet hatte. Sie führten mich durch das Eisentor die Treppe hinauf, bis wir vor derselben Tür standen, aus der sie mich vor einer Woche herausgezerrt hatten. „Was…?" Ich versuchte sie zu fragen, warum ich wieder hier war, doch beide Männer hielten bloß den Zeigefinger vor den Mund und machten „Pssst." Ein paar Minuten verstrichen. Dann öffnete sich die Türe. Ich blickte in den Raum und sofort war mir alles klar.

Es war genau eine Woche seit meinem 16. Geburtstag vergangen. In dem Raum stand Carl. Mein bester Freund Carl, der genau eine Woche nach mir Geburtstag hatte. Mein bester Freund Carl, der wahrscheinlich nicht gegen die blaue Kapsel immun sein würde. Mein bester Freund Carl, dessen

Aufgabe es war, mich zu töten. Mir sackte das Herz in die Hose. Nein. Alles, bloß nicht das!

Carl richtete seinen Blick auf mich, doch er war starr, so, als würde er durch mich hindurch sehen. In seiner Hand hatte er denselben Dolch, der noch vor einer Woche in meiner gelegen hatte. Die Männer ließen mich los, und ich ging vorsichtig auf Carl zu.

„Carl, ich bin es, Tom. Dein bester Freund. Du willst mir nicht weh tun.", sagte ich mit beruhigender Stimme. Carl zeigte keine Regung. Meine Beine zitterten, doch ich ging weiter.

„Erinnerst du dich noch, wie wir damals ins Schwimmbad eingebrochen sind? Ich hatte furchtbare Angst, erwischt zu werden, aber du hast nur gelacht und gemeint, das sei doch das, was den Kick ausmacht.". Ich lächelte ein wenig. „Das war das erste Mal, dass ich meine Ängste überwunden habe. Wegen dir. Weil du mein bester Freund bist." Bei ihm angekommen streckte ich meine Arme leicht aus. Carl reagierte nicht. Mir lief eine Träne über die Wange. „Bitte, Carl. Ich bin es doch!" Ich umarmte ihn mit meinen schon ausgestreckten Armen. Auf einmal fühlte ich, wie er sich regte, und Hoffnung stieg in mir auf. Carl schlang seine Arme ebenfalls um mich. In dem Moment hätte ich vor Freude in die Luft springen können. Carl, der einzige Mensch, der immer für mich da gewesen war, hatte auch an diesem Tag wieder alles besser gemacht.

Plötzlich fühlte ich einen heftigen Stoß in meinem Rücken, gefolgt von einem beißenden Schmerz. Ich blickte auf und sah bloß Carls leere Augen, während er mir den Dolch in den Rücken bohrte.

„Nein", krächzte ich und sank langsam zu Boden. Verzweifelt versuchte ich, nach Carls blutverschmierter Hand zu greifen, doch ich griff ins Leere.

„Gut gemacht, Carl!", hörte ich Bürgermeister Hammers lobende Stimme sagen.

Ich presste mit letzter Kraft ein gebrochenes „Carl!" hervor, bevor langsam alles schwarz wurde. Und ich hätte schwören können, dass Carl sich nach mir umgedreht hatte.

Lisa Kassing – Megaira, die Rachegöttin

Es war Frühling auf Andros. Die ersten Blumen begannen zu blühen und die Sonnenstrahlen vertrieben den Kummer des Winters. Die Göttin Megaira beschloss, diesen wunderschönen Tag in menschlicher Gestalt auf der Erde zu verbringen. Sie hatte sich in eine normale Sterbliche verwandelt, um unerkannt zu bleiben. Sie spazierte durch die Felder auf die Stadtmauer zu, die Leute grüßten sie und die Sonne wärmte ihr Gesicht. Sie trat durch das große hölzerne Stadttor und wurde von fröhlicher Musik empfangen. Der Marktplatz war voller Menschen, die sangen und tanzten. Auch sie hießen den Frühling willkommen. Megaira war schon lange nicht mehr so gut gelaunt gewesen wie am heutigen Tag. Endlich war der Winter vorbei und der Frühling brachte wieder Freude und Unbeschwertheit in das Leben der Menschen.

An einem kleinen Stand kaufte sie sich einen Apfel, als ihr Blick auf eine Gruppe Kinder fiel, die unachtsam herumliefen und dabei einer alten Frau den Obststand umrannten. Sie wollte sich gerade auf den Weg machen, um der alten Frau zu helfen, als ein junger Mann aus der Menge heraustrat. Verwundert blieb sie stehen. Noch nie hatte sie solch einen schönen Mann gesehen. Er begann der alten Dame zu helfen und das heruntergefallene Gemüse einzusammeln. Megaira beobachtete ihn einige Sekunden, dann eilte sie ihm schnellen Schrittes zur Hilfe. Sie begann ein paar Orangen einzusammeln, aber schaffte es nicht, ihren Blick von dem Unbekannten loszureißen. Er bemerkte schließlich, dass er beobachtet wurde und sah sich um. Sein Blick traf den ihren. Noch nie hatte sie solche Augen gesehen. Die wenigen Augenblicke, in denen ihre Blicke ineinander verharrten, fühlten sich an wie Stunden, und sie merkte, wie ihr Herz ein wenig schneller zu schlagen begann.

Der junge Mann runzelte die Stirn und kam nun langsam auf Megaira zu. Bei ihr angekommen, nahm er ihr die Orangen aus der Hand, welche sie noch ein paar Sekunden zuvor vom Boden aufgehoben hatte. Kurz streiften seine Finger ihre Hand, was ihr Herz abermals ein wenig höher schlagen ließ. Der junge Mann reichte der dankbaren Alten die Orangen. Megaira aber stand dort wie angewurzelt. Sie konnte ihren Blick einfach nicht von ihm abwenden. Erneut drehte er sich zu ihr hin und öffnete gerade seinen Mund, um etwas zu sagen, als aus der Menge heraus jemand nach ihm rief: „Elias? Elias wo bist du?" Er schenkte ihr noch ein kurzes entschuldigendes Lächeln. Dann wandte er ihr den Rücken zu.

Sie verfolgte seinen Rücken mit ihren Blicken, bis er in der Menge verschwand. Noch immer hatte sie sich keinen Zentimeter bewegt und starrte auf den Ort, wo der Mann namens Elias in der Menschenmenge untergetaucht war. Nie hatte sie jemals so etwas empfunden und niemals hätte sie gedacht, dass sie solche Gefühle für einen Menschen haben könnte. Immer wieder war sie gewarnt worden, dass Menschen unberechenbar seien, doch all diese Worte und Warnungen gerieten für sie in Vergessenheit, und sie beschloss ihm zu folgen. Sie wühlte sich durch die Leute, bis sie ihn schließlich wieder erblickte. Gerade bog er in eine kleine Seitenstraße ein. Wenige Sekunden später bog sie in dieselbe Straße ein, als Elias gerade in einem Haus am Ende der Straße verschwand. Neugierig ging sie auf das kleine Fenster zu, welches neben der Tür in die Wand eingelassen war. In dem kleinen Raum brannte nur ein kleines Licht, doch es war alles gut zu erkennen. An einem großen Tisch in der Mitte des Raumes saßen zwei Menschen, wahrscheinlich seine Eltern. Nun bemerkte Megaira auch den kleinen Jungen, welcher mit Elias zusammen das Haus betreten hatte. Vielleicht sein kleiner Bruder? Freudig begrüßte er seine Eltern und setzte sich zu ihnen an den Tisch.

Plötzlich räusperte sich hinter ihr jemand. Erschrocken drehte sie sich um und blickte in das Gesicht eines jungen Mädchens, welche sie mit gerunzelter Stirn anblickte. Sie war wirklich hübsch. „Was machst du da?", fragte sie. Megaira wusste nicht, was sie sagen sollte, also senkte sie beschämt ihren Blick und rannte bis zur nächsten Straßenecke weiter. Dort blieb sie stehen und drehte sich noch einmal um. Was sie dann sah, versetzte ihr einen tiefen Stich ins Herz. Elias trat gerade aus der Tür hinaus und küsste das Mädchen, welches gerade so unerwartet hinter ihr gestanden hatte, auf den Mund. Obwohl Megaira ihn nicht einmal kannte, tat die Tatsache, dass er scheinbar eine Geliebte hatte, unerwartet weh. Was war nur los mit ihr? Nie hätte sie damit gerechnet, dass sie, eine Göttin, in dieser kurzen Zeit so etwas wie Gefühle für jemanden entwickeln könnte. Benommen stolperte sie einige Schritte rückwärts, bis sie der Straße schließlich den Rücken zuwandte.

Auf dem Weg zurück zum Stadttor machte sich neben ihrer Trauer noch ein anderes Gefühl breit: Wut oder eher Eifersucht und Neid. Tränen stiegen langsam in ihren Augen hoch und am Himmel zogen graue Wolken auf. Wie konnte sie nur so naiv und dumm gewesen sein, gleich für den ersten schönen jungen Mann, den sie erblickte, Gefühle zu entwickeln?

Sie lief schneller und schneller. Sie bemerkte nicht, wie sie mit jedem ihrer Schritte ihre menschliche Gestalt verlor. Sie fühlte nicht, wie sie immer wieder Menschen anrempelte. Sie wurde nicht gewahr, dass die Menschen sie als Megaira erkannten und hinter vorgehaltener Hand erstickte Schreie ausstießen: „Megaira! Sie ist es wirklich!" Sie wollte nicht weinen, doch sobald sie das Innere der Stadt verlassen hatte, begannen ihre Tränen zu fließen. Genau in diesem Augenblick begann auch der Himmel zu weinen. Die Menschen, die noch vor der Stadt unterwegs waren flüchteten schnell in Richtung der Stadtmauern. Megaira jedoch machte sich auf den Weg zum Olymp.

Sowie sie dort angekommen war, dachte sie noch einmal über den Tag nach und wagte es schließlich noch einmal, einen Blick auf die Erde zu werfen. Dort saß Elias gemütlich mit seiner Geliebten und seiner Familie am Tisch. Sie lachten miteinander und schienen glücklich zu sein. Schon wieder war da dieses Gefühl, das sich immer und immer weiter in Megaira breit machte. Warum durften diese Menschen glücklich sein und sie nicht? Womit hatte sie das verdient? Obwohl sie so gut es ging versuchte, diese Gedanken zu verdrängen, ließen ihr diese Fragen auch in den nächsten Tagen keine Ruhe. Immer wenn sie jemanden sah, der glücklich in einer Liebesbeziehung lebte, wurde sie wütender und wütender, bis sie es schließlich nicht mehr aushielt.

Sie wusste, dass die junge Frau eigentlich nichts dafür konnte. Dennoch verwandelte sie mit ihrer göttlichen Macht Elias' Geliebte in einen unbedeutenden Regentropfen, der beim Aufprall auf den Boden zu Grunde gehen würde, wie die menschliche Liebe es früher oder später tat. Endlich fühlte sie sich wieder besser, zum ersten Mal seit Tagen verspürte sie wieder so etwas wie ein Glücksgefühl.

Elias hingegen war entsetzt und schockiert über das plötzliche Verschwinden seiner Geliebten. Er verstand die Welt nicht mehr. Hatten sie sich nicht geliebt? Wollten sie nicht demnächst heiraten? Der Kummer machte ihn verrückt, und bevor Megaira verstand, was sie angerichtet hatte, stieß Elias sich eines Abends einen Dolch ins Herz und starb.

Megaira spürte den Todesstoß als kleinen Stich in ihrem eigenen Herzen. Sie wusste, dass sie selbst an Elias' Tod schuld war. Für einen kurzen Augenblick war sie sogar schockiert. Doch das kurze Glücksgefühl im Moment ihrer Rache gewann die Oberhand. Es hatte sich gut angefühlt jemand anderem das anzutun, was sie selbst gespürt hatte. Warum sollte ein normaler einfacher Mensch glücklich sein dürfen, wenn sie als Göttin es nicht war?

So kam es, dass Megaira, immer wenn sie von nun an einen Tag auf der Erde verweilte, ein glückliches Liebespaar aufsuchte, um dieses am Ende des Tages auseinander zu reißen. Sie liebte das Gefühl von Rache. Doch nun war sie überall bekannt als Megaira, die Rachegöttin, als Verkörperung von Neid und Eifersucht.

Luis Holzbrink – Talent zum Fischen

Alkibiades und Brasidas waren einfache Fischer. Sie kannten sich seit vielen Jahren, da sie im selben Dorf aufgewachsen waren. Schon in ihrer Kindheit waren sie oft gemeinsam mit ihren Vätern auf dem Meer beim Fischen gewesen und oft wurden sie am Ende des Tages mit einem riesigen Korb voller Fische belohnt. Doch eines Tages verschwand Alkibiades' Vater Nikolaos spurlos, ohne ihm eine Nachricht zu hinterlassen.

Einige Jahre später war Alkibiades bereit, ohne die Hilfe von Brasidas' Vater, ein kleines Boot zu steuern und selbstständig zu fischen. Trotzdem fuhr er zusammen mit dem zwei Jahre jüngeren Brasidas jeden Morgen auf das große Meer hinaus und bewies sein Können. Es erinnerte ihn immer wieder daran, wie stolz er war, als er seinen ersten gefangenen Fisch in den Händen hielt. Der einzige, der sich noch mehr gefreut hatte, war sein Vater. Er vermisste ihn und wünschte sich, noch einmal in seinem Leben mit ihm über das Meer zu segeln.

„Nun schau nicht so", holte Brasidas Alkibiades aus seinen Gedanken. „Es ist ein schöner Tag und ich weiß, dass wir heute eine Menge Fische fangen werden."

„Du hast Recht. Da vorne ist eine gute Stelle, da können wir fischen." Die Fische schwammen im Kreis um das Boot, doch es wollte keiner anbeißen. Alkibiades und Brasidas waren sehr enttäuscht. Auch nach mehreren Stunden schafften sie es nicht, einen einzigen Fisch in den Korb zu bekommen. Sie nahmen die leeren Körbe vom Boot und zeigten sie Markos, Brasidas' Vater. Jener besaß den größten und bekanntesten Fischmarkt im Dorf und war somit auf die Fische von Alkibiades angewiesen. Es war ein unlösbares Rätsel, denn niemand im ganzen Dorf konnte mehr Fische fangen als Alkibiades.

In der Nacht fand Alkibiades keinen Schlaf. Er machte sich Gedanken darüber, was er getan hatte, um so eine Strafe zu bekommen. War es nur Pech? Nein, Alkibiades hatte beim Fischen noch nie Pech gehabt. Hatten ihn die Götter für etwas bestraft, das er nicht verstand? Er wusste es nicht. Bei Mondschein machte er sich allein auf den Weg zum Meer. Er ruderte ein Stück in die Bucht hinaus und warf sein Netz aus. Das Meer blieb ruhig und glatt. Alkibiades seufzte, und Wind brachte die Bäume an Land in Bewegung. Der Wind wurde stärker und auch das Meer wurde unruhiger. Dunkle Wolken zogen auf, es fing an zu regnen und aus dem Wind wurde ein Sturm. Die ersten Blitze zucken über den Horizont. Alkibiades bekam Angst, doch bemerkte, dass sich das Netz bedenklich senkte. Es schien voller Fische zu sein und drohte das kleine Boot zum Kentern zu bringen. Er konzentrierte sich voll und ganz darauf, seine Kraft in einen festen Stand und in die Arme zu lenken, so wie es sein Vater ihn gelehrt hatte, doch das Gewicht des Netzes war zu groß. Die Halteseile rissen und aus den wogenden Wellen erhob sich ein riesiger bleicher Mann mit weißen langen Haaren, einem Vollbart und einem Dreizack in der rechten Hand. Er sprach: „Alkibiades, dein Vater braucht deine Hilfe. Er lebt, doch er steckt in Schwierigkeiten. Trenne dich von Markos und seiner Familie – auch von Brasidas. Sie taten dir Unrecht. Suche deinen Vater auf der Insel Chios. Er ist dort im Gefängnis eingesperrt. Wenn du ihn findest, wirst du verstehen."

Bevor Alkibiades antworten konnte, war die göttliche Gestalt schon wieder zurück ins Wasser gesunken und der Sturm hatte sich gelegt. Was hatte er gesagt? Sein Vater lebt? Alkibiades konnte es nicht fassen. Er war überglücklich. Doch der Gott hatte auch gesagt, dass Markos ihm Unrecht tue. Das verstand er nicht, doch Alkibiades wusste, dass er sich auf die Suche nach seinem Vater machen und dieses Rätsel lösen würde. Zuerst jedoch musste er sich einen Plan ausdenken, wie er das anstellen sollte. Er grübelte die ganze Nacht.

In den frühen Morgenstunden packte er seine Sachen zusammen. Proviant, sein kleines Messer, ein paar Drachmen und natürlich sein Netz verschwanden in einem ledernen Beutel. Das Netz war das Einzige, was Alkibiades noch von seinem Vater besaß. Den Rest hatte Markos verkauft. Alkibiades erklärte Brasidas, dass er sich auf die Suche nach seinem Vater begeben würde. Dann verabschiedete er sich von seinem Freund: „Pass auf dich auf!"

Der angespannte Alkibiades wusste nicht, was ihn erwarten würde, und er machte sich große Sorgen, ob er seinen Vater Nikolaos auch wirklich finden werde. Sein Plan war es, auf einem großen Schiff der Soldaten mitzufahren. Im Hafen sah er einige Soldaten, die gerade das Schiff mit Vorräten und Waffen beluden. Alkibiades schlich sich unbemerkt auf das Schiff und versteckte sich zwischen hölzernen Kisten. Es dauerte eine gefühlte Ewigkeit, bis das Schiff ablegte, doch der junge Mann mit dem Lederbeutel blieb geräuschlos und reglos zwischen den Kisten im Verborgenen. Schritte näherten sich. Ein älterer Soldat mit Helm ging an den Kisten entlang, stoppte, drehte sich um und bückte sich, um den blinden Passagier in Augenschein zu nehmen. Alkibiades stockte der Atem: „Bitte... Ich muss nach Chios. Ich... Ich sah keine andere Möglichkeit." Doch das schien den Soldaten nicht zu interessieren. „Das sollte ich dem Hauptmann melden, du hast hier nichts verloren!" „Bitte nicht! Ich suche meinen Vater, denn er braucht meine Hilfe!", entgegnete Alkibiades. Der alte Mann überlegte kurz: „Heute habe ich gute Laune. Bezahl mich und ich lasse dich am Leben." Alkibiades gab ihm sein ganzes Geld und war vorerst sicher.

Endlich legte das Kriegsschiff am Hafen von Chios an und Alkibiades verließ es in der Nacht. Die Soldaten schliefen und bekamen nichts mit. Er begab sich auf die Suche nach dem Gefängnis. Dabei hatte er das Gefühl, dass er die Umgebung bereits kannte, obwohl er doch noch nie auf

Chios gewesen war. Alkibiades folgte diesem Gefühl und kurze Zeit später stand er vor dem großen Eingang des Gefängnisses. Es war dunkel und niemand war zu sehen. Also ging er leise hinein und suchte die Zellen nach seinem Vater ab. Ein Wachmann ging mit einer Fackel durch die Gänge und kontrollierte die Zellen. Alkibiades versteckte sich in einer dunklen Wandnische und wartete mit angehaltenem Atem, bis der Wächter außer Sichtweite war. Dann suchte er weiter. In der hintersten Zelle lag ein Mann auf dem Boden und atmete schwer. Es war Nikolaos.

„Vater, ich bin es, Alkibiades, dein Sohn." Er flüsterte, damit der Wachmann ihn nicht hörte. „Ich hole dich da raus." Nikolaos war überrascht: „Alkibiades! Wie kann das sein? Ich bin so froh, dich zu sehen. Wie hast du mich nur gefunden?" „Das erzähle ich dir, wenn ich dich befreit habe." Er holte das kleine Messer aus dem Lederbeutel und versuchte damit, das Schloss zu knacken, doch es gelang ihm nicht. Nikolaos hatte eine Idee: „Der Wachmann hat die Schlüssel. Du musst sie ihm abnehmen." „Aber wie soll ich...", begann Alkibiades. „Egal, wie du es anstellst", flüsterte sein Vater. „Du kannst das. Du bist etwas Besonderes."

Zögernd nahm Alkibiades seinen ganzen Mut zusammen und schlich in die Richtung des Wachmanns. Der Schlüsselbund hing an dem ledernen Gürtel auf der rechten Seite und auf der linken Seite trug er ein mit Silber verziertes Schwert. In der rechten Hand hielt er die brennende Fackel. Alkibiades näherte sich dem Wachmann von hinten mit langsamen und leisen Schritten. Er wartete ab, bis der Wachmann sich umdrehte, nahm so schnell wie ein Blitz das Schwert aus der Scheide und rammte es ihm kurzerhand in die Brust. Der Wächter sank blutüberströmt zu Boden.

Alkibiades wischte seine blutigen Hände an der Tunika des Wachmannes ab. Er bereute seine Entscheidung nicht. Er musste es tun, um seinen Vater zu retten. Nachdem er die Schlüssel vom Gürtel entfernt hatte, eilte er zurück zu der Zelle, in der Nikolaos schweigend in der Ecke saß. Alkibiades flüsterte: „Ich habe die Schlüssel und schließe jetzt auf." Er musste einige Schlüssel ausprobieren, bis der richtige in das Schloss glitt. Die schwere Eisentür quietschte beim Öffnen und Nikolaos huschte aus der dunklen Zelle heraus. Die Leiche des Wachmanns versteckten sie in Nikolaos' Zelle und sperrten die Türe wieder ab. So verließen beide unbemerkt das Gefängnis noch vor Sonnenaufgang.

„Warum warst du im Gefängnis?", fragte Alkibiades nach einiger Zeit. Nikolaos antwortete: „Du warst noch ein Kind, als deine Mutter eines Tages mit dem Boot aufs Meer hinausfuhr und nie wieder zu uns zurückkam. Ich wollte es nicht wahr haben, dass ich sie nie wiedersehen würde, doch ich hatte auch keine Informationen über ihren Verbleib und so blieb mir nichts anderes übrig, als abzuwarten. Nach ein paar Jahren erzählte mir Markos, dass deine Mutter hier auf

Chios sei. Ich fragte ihn, woher er das wüsste und fand heraus, dass einige seiner Fischer hier arbeiten. Heimlich habe ich mich dann aus dem Haus geschlichen und begab mich auf den Weg nach Chios." Alkibiades verstand nicht: „Wieso hast du mir denn nicht davon erzählt? Ich wäre mitgekommen!" Sein Vater schüttelte den Kopf und seine schulterlangen Haare flogen durch die Luft: „Nein, das wollte ich doch vermeiden. Es hätte so viel schief gehen können." Er sank langsam zu Boden: „Es ist so viel schief gegangen. Ich legte gerade mit meinem Schiff hier an und hatte kaum einen Fuß auf den matschigen Boden gesetzt, da wurde ich schon von einer Gruppe Banditen überfallen. Sie fesselten mich und brachten mich in ihr Lager. Da traf ich auch deine Mutter wieder. Auch sie war gefangen und verschleppt worden. Doch wir durften uns nicht anmerken lassen, dass wir uns kannten, dass wir uns liebten. Da musste ich für sie Tag und Nacht arbeiten und die Bewohner des Dorfes beklauen. Vor ein paar Tagen wurde das Lager von Soldaten entdeckt und viele starben – auch deine Mutter. Einer der Räuber hatte sie als Schutzschild benutzt..." Er stockte und wischte sich mit seinem Handrücken die Tränen aus dem Gesicht. „Diejenigen aber, die sich nicht wehrten, wurden ins Gefängnis gebracht. Einer davon war ich. Ich versuchte den Soldaten zu erklären, dass die Banditen mich gefangen hielten und ich gezwungen worden war, für sie zu arbeiten, doch sie glaubten mir kein Wort. Im Gefängnis habe ich ein Gespräch zwischen zwei Räubern in der

Nebenzelle mitbekommen. Dabei kam heraus, dass die Banditengruppe im Auftrag von Markos die Leute beklaute und Chaos stiftete."

„Das bedeutet ja, dass Markos hinter allem steckt und dich nur auf den falschen Weg gelockt hat, damit auch du ihm in die Falle gehst."

„Wir sollten keine voreiligen Schlüsse ziehen. Lass uns zurückfahren und ihn zur Rede stellen." Dann erzählte Alkibiades seinem Vater von den vielen Fischen, die er bereits gefangen hatte und berichtete ihm auch, woher er wusste, dass er auf Chios war.

Bei Einbruch der Nacht stahl Alkibiades unbemerkt ein kleines Fischerboot und Vater und Sohn machten sich auf den Heimweg. Die Fahrt verlief ruhig und Alkibiades' Traum wurde wahr. Er segelte mit seinem Vater über das Meer. Dieser Moment war ein ganz besonderer und beide genossen ihn trotz der tiefen Trauer um die getötete Frau und Mutter. Schon am nächsten Tag erreichten sie den kleinen Hafen des Fischerdorfes.

Sie machten sich sofort auf den Weg zu Brasidas und seinem Vater Markos. Markos war gerade dabei, seinen Fischern neue Anweisungen zu geben, da tippte ihm jemand auf die rechte Schulter. Genervt drehte er sich um. „Jetzt nicht, ich habe zu… Nikolaos?" Er war geschockt. „Aber wie hast du…?" Nikolaos unterbrach ihn. „Ich bin hier, um dir einige Fragen zu stellen." Bevor er seine erste Frage stellen konnte, zückte Markos sein Fischmesser und ging auf ihn los. Alkibiades wich zurück: „Hör auf! Lass ihn in Ruhe!" Er griff nach seinem Lederbeutel und holte das kleine Messer heraus. Markos traf Nikolaos mit seinem Messer am Arm und verwundete ihn. Dieser sank zu Boden. „Vater, nein!" Alkibiades ließ sein Messer fallen und eilte zu Nikolaos. Markos grinste: „Ich hätte dich sofort umbringen sollen, als ich erfuhr, dass dein Sohn göttliche Kräfte hat. Nur durch ihn konnte ich so viele Fische verkaufen. Sieh mich an, ich bin der bekannteste Fischhändler weit und breit!" Er lachte.

Alkibiades war sprachlos. Hatte er wirklich göttliche Kräfte? Das würde die vielen Fische erklären, die Begegnung mit Poseidon und auch das Glück auf dem Kriegsschiff und im Gefängnis. Dann stieß Markos Alkibiades zur Seite, welcher zu Boden stürzte, und rammte Nikolaos das Fischmesser in den Bauch. Alles ging so schnell.

Mit letzter Kraft hob Nikolaos seinen Kopf und blickte Alkibiades flehend an. „Mach mich stolz, Junge."

Alkibiades nickte stumm. Er hob sein Messer vom Boden auf und rannte wutentbrannt auf Markos zu, der noch gebeugt über Nikolaos stand. Kurz bevor sich das Messer in Markos' Rücken bohren konnte, wurde Alkibiades heftig zur Seite gestoßen und spürte einen stechenden Schmerz in der Brust. Die letzten Augen, in welche er blickte, bevor er den tödlichen Stich eines Dolches empfing, waren die zornigen Augen seines Freundes Brasidas.

Poseidon sah, was auf dem Land geschah, doch er kam zu spät, um eingreifen zu können. Er wartete, bis Markos und sein Sohn Brasidas in der Nähe des Wassers waren und zog sie in die Tiefe. Mit einer einzigen Berührung seines Dreizacks verwandelte der Gott des Meeres verwandelte beide in Seegurken. Es dauerte nicht lange, da wurden beide Seegurken schon von dem ersten Seestern, einem natürlichen Feind, angegriffen und gefressen. Nikolaos und Alkibiades hingegen verwandelte Poseidon in bunte Korallen, die ein wunderbares Zuhause für viele Fische abgaben.

Madita Bierkämper – Shakespeare und Gaveston

Er sah den Regentropfen zu. Wie sie Perlen liefen sie an dem Glas des Fensters hinab. Der Himmel war grau. Im Garten waren keine Gärtner. An der Fassade des Gebäudes waren keine Handwerker. Aber am Seiteneingang des Gebäudes stand eine Wache. Er beobachtete ihn, er stellte sich vor, wie es wäre, dort draußen alleine zu stehen, so ruhig und ungestört.

Er mochte diese Menge an durcheinanderlaufenden Menschen nicht, dieses Gewirr an Stimmen und die davon übertönte, nur noch leise zu ihm durchdringende Musik eines Streichorchesters. Man spielte Schuberts Rondo in A-Dur. Dieses Stück wirkte so schwer und dramatisch, es passte nicht zu dieser Art Veranstaltung, aber es war eines der Stücke, die Victoria, wie man erzählte, gefielen. Er wusste, dass die Gäste der Veranstaltung, die hinter ihm stattfand, trotzdem fröhlich feierten. Er hatte nie zu diesen Menschen gepasst und zu ihren Veranstaltungen, er fühlte sich nie zugehörig. Er drehte sich um und sah Damen und Herren tanzen in diesem großen Saal, der bunt geschmückt war. Andere Gäste standen verteilt in kleinen Grüppchen zusammen, tranken Champagner und aßen von dem an einer Wand aufgestellten Buffet.

Die Musik brach ab und die Gäste begaben sich zu den Seiten des Saales. Alle sahen auf eine große Flügeltür, die aufschwang. Königin Victoria trat ein, das Gespräch der Gäste verstummte, und die Herrscherin begrüßte sie. Die Königin hatte eingeladen zu einem Kostümball im Jahre 1839, wie über ihr auf einem Banner stand. Sie selbst war als Königin Elisabeth kostümiert mit einer roten Perücke, weiß bemalter Haut und einem goldfarbenen Kleid mit aufgestelltem Kragen. Sie war ihr Vorbild, eine Königin, die nie verheiratet war und die keinen Gemahl benötigte, um zu regieren. Und trotzdem war sie nicht einsam gewesen.

Anders als er.

Der größte Teil des Parlaments war anwesend, unter ihnen auch Lord Melbourne, er war der Premierminister und ein vertrauter der Königin, einige würden behaupten, zu vertraut, aber das interessierte ihn nicht. Der als Robert Dudley, der Oberstallmeister Elisabeths, verkleidete Melbourne kam auf ihn zu. Obwohl dieser ein Angehöriger der Whigs war, begrüßte er ihn, ein Mitglied der Tories, freundlich. „Shakespeare steht ihnen gut zu Gesicht, Sir Wright!"

Sir Wright antwortete, dass er als Shakespeare kostümiert ist, da dieser ihn durch seine Wortgewandtheit beeindrucke und er ihn bewundere. Sir Finnigan Wright war noch nicht allzu lange Mitglied des Unterhauses, aber war aufgrund seines Vaters, der vor seinem Tod auch im Parlament saß, bekannt. Einige meinten, er könne nie in seine Fußstapfen treten, aber das wollte er auch nicht, er war ihm nicht ähnlich. Während sein Vater hoch angesehen war unter den Tories, galt er schon als Junge als eigensinnig und als kontaktscheu.

Und er konnte niemandem widersprechen. Er verstand nie, warum solche Feste veranstaltet wurden, es ging doch nur um Politik und die Führung des Landes für die Abgeordneten, aber auf diesen Festen wurde nichts erreicht.

Er selber wollte auch nie heiraten, auch wenn seine Eltern darauf drängten. Er traf nie eine, die nicht oberflächlich. Jede schien nur interessiert an ihrem Status und daran, wie sie diesen durch ihr Auftreten vermittelte. Er hielt diese pompösen Kleider der Damen für Textilverschwendung und mit den wenigsten konnte er einen Dialog führen, ohne an dem Sinn des Gespräches zu zweifeln.

Nachdem Lord Melbourne sich verabschiedet hatte, versuchte Sir Wright sich unter die anderen Gäste zu begeben. Er sprach mit einigen Damen, aber sie alle redeten nur über das Wetter und Literatur, die sie für bahnbrechend hielten. Er fühlte sich wenig unterhalten und gelangweilt, bis er erneut auf die große Flügeltür blickte.

Ein Mann trat ein, der ihn sofort fesselte. Er war als Piers Gaveston verkleidet, mit braunem Topfschnitt und blauem Gewand. Das Kostüm verwunderte Sir Wright. Wer würde sich als einen designierten Favoriten des Königs Eduard II. verkleiden und vorbehaltlos hereinstolzieren. Sir Wright war sich sicher, ihn schon einmal gesehen zu haben. Er beobachtete, wie der Mann einige Mitglieder des Parlaments begrüßte, er überlegte, ob er ihn aus dem Unterhaus kannte, aber er erinnert sich nicht.

Sir Wright bewegte sich immer weiter in die Nähe des Mannes, der mit einigen Damen Champagner trank und Häppchen aß, als würde er beinahe magnetisch von ihm angezogen. Der Fremde lachte, warf den Kopf zurück und schwang im Takt der Musik, die Damen lachten ebenfalls. Wright war missgünstig, er hatte oft genug versucht, andere zu amüsieren, aber es war ihm nie gelungen. Jetzt wollte er daran teilhaben und ging zu der Gruppe hinüber.

Eine der Damen kannte er bereits, seine Eltern hatten versucht, eine Ehe mit ihr zu arrangieren, und er nutzte es als Vorwand in das Gespräch einzusteigen. Lady Charlotte Beaufort, als Guinevere in dunklem Gewandt verkleidet, freute sich über die Begrüßung, obwohl sie noch immer aufgebracht war über die Ablehnung seinerseits.

„Darf ich vorstellen? Sir Edward Cavendish, Sohn von Roger Cavendish. Ich glaube, ihr kennt ihn", stellte Charlotte die beiden Männer vor. Sir Wright kannte dessen Vater, er war mit seinem eigenen Vater im Parlament gewesen. Die beiden Männer kamen ins Gespräch und es stellte sich heraus, dass Sir Cavendish sich nicht besonders für Politik begeisterte, dafür aber für italienische Kunst und klassische Musik. Sein Vater hielt jedoch nicht viel von der

Leidenschaft seines Sohnes, sondern sah für ihn eine Karriere in Industrie und Politik vor.

Obwohl Sir Wright nicht viel mit den für ihn unbedeutenden Themen anfangen konnte und meist in Gesprächen auswich, hörte er aufmerksam zu und war gefesselt von der Begeisterung, mit der Sir Cavendish erzählte, und Sir Wright ertappte sich, wie er selber lachte.

Sir Cavendish beschrieb Sonette lebhaft wie Bilder, und ehe Sir Wright es bemerkte, standen die beiden alleine in einer Ecke des Saales unter einer mit Blattgold verzierten Ecke der Decke des gewaltigen Saales, der zu dieser Veranstaltung passte, riesig, hell, verziert. Wahrlich einer Königin würdig, entschied Sir Wright, als er seinen Blick durch den Raum schweifen ließ. Wright blickte wieder in Cavendishs Gesicht, als dieser mittlerweile zusätzlich mit Händen und Füßen erzählte, seine Mimik verdeutlichte seine Freude, über seine Interessen berichten zu können.

Wright hörte längst nicht mehr zu, er betrachtete die dunklen Haare Cavendishs, die grünen Augen, die weichen Gesichtszüge. Er war abgelenkt, aber er wollte sowieso nicht zuhören, er hätte zu keinem Thema etwas beitragen können, es reichte ihm Cavendish zu beobachten, er erfreute sich an dessen Enthusiasmus. Auch Cavendish musterte Wright, er war ruhig und nicht annähernd so hektisch wie er selbst. Er sprach weniger und versuchte ruhiger zu werden, aber auch Wright dazu zu bewegen, mehr von sich zu erzählen.

Das tat er aber nicht. Mit einem Mal standen sich die beiden Männer still gegenüber, Wright musterte Cavendish noch einmal. Er hatte oft versucht, so viel Sympathie für jemanden zu empfinden, den seine Eltern ihm vorgestellt hatten und einfach froh zu sein, dass der andere dermaßen lebensfroh ist, auch wenn er es selber nicht war. Es war ihm indes nie gelungen. Doch hier und jetzt...

Ohne zu viel nachzudenken, fasste Sir Wright den wahnwitzigen Entschluss sich vorzubeugen und seine Zuneigung mit einem Kuss auszudrücken. Kurz bevor sich die Lippen der beiden, berührten schrak Sir Cavendish zurück. Sir Wright erschrak, als er bemerkte, was er da gerade tat. Er konnte nicht glauben, was er versuchte, aber er fühlte sich erlöst, es versucht zu haben.

Da bemerkte er, dass er sich getäuscht hatte. Diese Zuneigung empfand nur er, nicht Sir Cavendish ihm gegenüber, er hatte seine Blicke falsch gedeutet. Sir Cavendish eilte davon, Sir Wright blieb zurück, fassungslos über seine Tat. Und er begriff, was für Folgen sein Verhalten haben musste.

Er sah die Menge bereits tuscheln und ihn anstarren. Sir Edward Cavendish hatte sofort Lady Charlotte von dem Geschehen in Kenntnis gesetzt. Sie kam auf ihn zu. „Finnigan! Finnigan!" rief sie, doch Wright flüchtete in die Halle vor dem Saal, er flüchtete vor bewertenden Blicken, vor Lady Charlotte, die dachte zu wissen, warum er sie ablehnte, vor der Schande, welche die sogenannte gute Gesellschaft über ihn häufen würde.

Er jedoch sah es nicht als Schande, zum ersten Mal fühlte er wahre Zuneigung, zum ersten Mal fühlte er sich nicht fehl am Platz, er hatte jemanden zum Reden gefunden oder, besser ausgedrückt, jemanden, dem er zuhören konnte. Wie konnte das eine Schande sein?

Er ging zurück in den Saal, mehrere Damen und Herren kamen auf ihn zu und fragten ihn, ob er sich nicht schäme, wie er noch der Veranstaltung beiwohnen könnte, aber vor allem, wie er sich so im Beisein ihrer Majestät verhalten konnte.

Er ging.

Die Gesellschaft würde ihn verstoßen, es würde nicht lange dauern, bis jeder in seinem Umkreis Bescheid wusste und ihn verurteilte. Bis seine Mutter es wusste. Er würde sie enttäuschen und er hätte seinen Vater enttäuscht. Er beschloss, noch am selben Abend aus dem Parlament auszutreten, bevor die restlichen Mitglieder ihn ausschließen konnten oder ihn unter Druck setzten, es zu verlassen. Er würde niemandem das Recht einräumen, ihn zu demütigen, denn das wäre es, wovon sein Vater am meisten enttäuscht wäre, wenn er es zulassen würde und die einzige Beschäftigung aufgeben würde, die ihn je begeisterte, die Politik, die wirklich etwas bewegte, die nicht nur Gerede war, sondern das Land ausmachte, das er seine Heimat nannte.

Melina Baumann – Die zwei Welten

Es war ein üblicher Tag, Aseus und Norman schrieben sich wie jeden Tag Briefe. Ihnen war es verboten sich zu sehen, und ihre Völker waren von riesigen Zäunen umgeben, die seit langer Zeit bestanden und seit Generationen die Völker trennten. Aseus, der Sohn des Gottes Thyanin, war ein unsterblicher Gott und dazu bestimmt, das Göttervolk zu beherrschen, wenn er weise genug wäre. Sein Vater war der derzeitige Herrscher und lehrte seinen Sohn alles.

Norman war ein sehr angesehener Schuster und lebte mit seiner Mutter zusammen in einem kleinen Haus inmitten der Menschenstadt.

Schon vor langer Zeit beschlossen die ersten Völker der Sterblichen und der Götter, die Völker nicht zu vermischen und ein Verbot auszusprechen, dass sie sich jemals begegnen dürften. Die Gefahr sei zu groß, dass Halbgötter entstehen könnten. So wurden sie voneinander getrennt.

Allerdings gab es einen geheimen Brieftunnel, von dem nur wenige wussten. So war es Aseus und Norman möglich zu kommunizieren.

Ihr Kontakt war durch ein Versehen zu Stande gekommen. Aseus und Norman fanden das jeweils andere Volk interessant und so versuchten sie jemanden zu kontaktieren.

Durch dieselben Interessen und den täglichen geheimen Kontakt wuchs das Interesse aneinander und schließlich auch an einem Treffen immer mehr. Obwohl sie vom gleichen Geschlecht waren, wurden auch die Gefühle, die beide fühlten, immer stärker. So schrieb Norman einmal in einem seiner Briefe, dass es Zeit sei sich zu sehen, obgleich es mit vielen Gefahren verbunden sei und sie damit das Verbot brechen würden. Aseus stimmte zu. Ihre Gefühle füreinander waren zu stark, um das Verbot einzuhalten, dass sich niemand aus den beiden Völkern sehen durfte.

Schließlich war jener Tag angebrochen, an dem die Verabredung stattfinden sollte. Beide brachen zu den Toren auf, die die Völker voneinander trennten.

Norman schaffte es, unbemerkt den weiten Weg zu den verbotenen Zäunen zu erreichen, Aseus jedoch nicht. Denn er wurde unauffällig und misstrauisch von seinem Vater verfolgt, da er es nicht von Aseus gewohnt war, dass dieser sich davonschlich.

Schon während des Weges hatte Aseus sich beobachtet gefühlt. Doch er schob das Gefühl fort. Zu blind war er blind vor Aufregung, endlich Norman zu sehen, einen Sterblichen. Einen Menschen, keinen Gott.

An den Zäunen angekommen, hielten sie ihre Hände durch die Gitterstäbe fest umschlungen. Beide waren überglücklich sich zu sehen, es geschafft zu haben unauffällig bis hierher gelangt zu sein.

Aseus' Vater war entsetzt von dem, was er sah. Er war tief getroffen, dass sein Sohn sich mit einem der Sterblichen einließ und zugleich so vertraut mit ihm war, als sähen sie sich nicht das erste Mal.

Aseus war so glücklich, dass er daraufhin sogar eines der Tore öffnete, um Norman in den Arm zu nehmen. Unendlich viele Küsse folgten, beide waren überglücklich. Es wurde dunkel, als sie sich verabschiedeten und wieder zurück in ihre Dörfer gingen wollten. Da wurde Aseus von seinem Vater kurz vor den Toren abgefangen. Er schaute ihn schweigend an. Aseus war schockiert seinen Vater zu sehen und er wusste, dass ihm eine Bestrafung bevorstehen würde. Trotz alldem hoffte er, Thyanin hätte ihn nur im verbotenen Bereich ertappt und nicht zusammen mit dem Menschen. Doch schnell wurde klar, dass dem nicht so war.

Thyanin schaute seinen Sohn an, erhob seinen Herrscherstab und sprach: „Ich bin zutiefst enttäuscht! Und nun verschwinde von hier! Du bist nicht mehr mein Sohn, denn der hätte die altehrwürdige Regel befolgt und nicht entehrt! Kein ebenbürtiger Nachfolger wärest du!" Und mit diesen Worten verwandelte er seinen eigenen Sohn in einen Sterblichen und verbannte ihn somit aus seinem Göttervolk.

Aseus war verzweifelt und enttäuscht, die Worte seines Vaters kreisten in seinem Kopf. Erneut rannte er zu den hohen Toren, kletterte hinauf und sprang in seiner Verzweiflung kopfüber hinunter – ohne an Norman zu denken.

An den folgenden Tagen war Norman verunsichert und traurig, da sich Aseus nicht mehr meldete und keine Briefe mehr von ihm ankamen.

Schließlich fasste er Mut und ging zu dem Treffpunkt, an dem sie sich das letzte Mal gesehen hatten.

Viele Leute sahen ihn in Richtung der Tore gehen. Sie versuchten ihn aufzuhalten, doch war es Norman egal, was das Volk von ihm halten würde. Er wollte ein Lebenszeichen von Aseus. So ging er einfach weiter. Er kam zu den Toren. Da lag etwas. Er ging näher. Ein Schwarm Schmeißfliegen stieg empor in die Luft.

Vor sich vor den Toren sah er Aseus tot auf dem Boden liegen. Die Trauer und die Verzweifelung waren ihm noch ins Gesicht geschrieben.

Hinter dem Götterzaun stand Thyanin und sprach vorwurfsvoll zu Norman: „Das Treffen von euch beiden Verrätern war aussichtslos. Dennoch gab ich ihm die Chance, als Sterblicher zu euch zu gehen, doch wählte er, bei euch angekommen, direkt den Tod."

Entsetzen lag auf Normans Antlitz, als er das hörte.

„Nun ist mein Sohn für immer fort", fuhr Aseus Vater mit erhobener Stimme fort „und seine Sünden liegen nun bei euch."

Doch Norman waren diese Worte egal, er liebte Aseus bedingungslos.

Er trat näher an das Tor heran und streckte die Hand aus. Mit einem gewaltigen Ruck brach er die Klinke des Tores ab, legte sich neben Aseus und trieb die scharfe Bruchkante mitten in sein Herz.

Währenddessen flüsterte er: „Wir werden uns im Jenseits wiedersehen".

Lina Dreher – Zerreißprobe

Das Fahrrad stürzte etliche Meter die Klippen hinunter, der Körper fiel zappelnd hinterher. Ein langer schriller Schrei durchschnitt die Luft wie ein Messer - Klatsch - dem lauten Aufprall folgte Totenstille.

Der Typ auf dem Fahrrad? Das war ich.

Fragst du dich, wie es zu solch tragischem Unfall kam? Ich erzähle es dir.

Eigentlich war es ein schöner Tag, blauer Himmel, Sonne und 23 Grad. Perfekt, um mir mein Fahrrad zu schnappen und eine Tour durch die Berge zu machen.

Doch leider fing alles ganz anders an und ich machte diese Radtour nicht umsonst.

Mehr als zehn Jahre war es mittlerweile her, dass neues Leben in die leerstehende Hälfte unseres Doppelhauses kam. Ich war, typisch für einen Achtjährigen, ganz aufgeregt und hatte gehofft, einen neuen Freund zu finden. Es war zwar kein neuer Freund, aber – und vielleicht viel besser – eine Freundin fürs Leben.

Sie hieß Magdalena, sie war wunderschön und mir sofort sympathisch. Wir freundeten uns schnell an und verbrachten immer mehr Zeit miteinander. Sie kam in meine Grundschulklasse, wodurch wir den ganzen Tag miteinander verbrachten. Wir liebten es, nachmittags, nachdem wir zusammen die Hausaufgaben erledigt hatten, hinaus in die Berge zu gehen und zu spielen.

Als meine Mama jedoch einen höheren Posten in der Firma bekam als Magdas, zerstritten sie sich. Seitdem hatten sie kein Wort mehr miteinander gewechselt. Wir befürchteten schon, dass wir uns gar nicht mehr sehen durften, aber im Gegensatz zu unseren Müttern, verstanden sich unsere Väter weiterhin gut, und somit konnten wir uns sehen.

Mit der Zeit hatte sich aus unserer Freundschaft eine immer engere Bindung entwickelt, bis wir ein unzertrennliches Paar waren. Selbst die heftigsten Proteste unserer Eltern konnten uns nicht voneinander trennen. Nach einiger Zeit hatten wir sogar die Möglichkeit, uns abends unbemerkt zu treffen, da wir einen verbindenden Wandschrank in unseren Zimmern entdeckten.

So vergingen die Jahre. Wir waren zusammen auf der Grundschule, auf dem Gymnasium und letztendlich hatten wir auch unser Abiturzeugnis in der Hand. Dann mussten wir überlegen, wie unsere Zukunft aussehen sollte. Für uns war eigentlich klar, dass es *unsere* Zukunft sein würde und dass wir zusammenziehen oder wenigstens nah beieinanderblieben.

Aber unsere Wünsche sollten nicht in Erfüllung gehen, denn meine Eltern hatten bereits andere Pläne für mich. Sie würden mich nach Bachtal schicken, wo ich an einer Privatuniversität studieren sollte. Und was sollte ich studieren? Das stand natürlich auch schon fest – Medizin. Am Ende sollte ich die Praxis meines Vaters übernehmen, worauf ich nicht wirklich Lust hatte. Aber eine Wahl hatte ich nicht.

Es war auch klar, dass Magda nicht mitkommen konnte, da ihre Eltern das niemals hätten zahlen können. Bachtal liegt nämlich 100 km entfernt, und ich musste dorthin ziehen – ohne Magda.

So kam es dann, dass ich meine Heimat, die Berge und vor allem Magda verlassen musste. Meine Koffer waren gepackt und mein Taxi wartete. Der Zeitpunkt des Abschiedes war gekommen und schweren Herzens verließ ich Magda. Ich hatte ihr noch versprochen, dass mir eine Lösung einfallen würde, sie sollte mir nur ein wenig Zeit geben.

Mit Beginn des Studiums bemerkte ich, dass es mich mehr Zeit kostete, als ich vorher gedacht hatte. Ich hatte mir immer vorgenommen, Magda am Abend anzurufen, doch wenn ich dann fertig mit Lernen war, war ich so müde, dass ich meistens direkt einschlief. Magda musste denken, ich hätte sie vergessen, aber das hatte ich nicht.

Je mehr Zeit verging, desto schwächer und antriebsloser wurde ich. Wenn ich es mal am Wochenende schaffte, mit Magda zu telefonieren, dann erzählte sie mir auch nur, wie blöd alles sei und dass sie mich vermisse. Vorher hatte man immer einen Ansprechpartner, jemanden, der einen aufbaute und kräftigte. Das fehlte uns beiden sehr und ich wusste, dass ich so nicht weiterleben konnte.

Nach dem ersten Semester durfte ich nach Hause, um meine Eltern zu besuchen. Doch meine Gedanken waren nicht bei meinen Eltern, sondern nur beim Spiegelschrank und bei Magda. Endlich konnte ich sie wiedersehen und sie küssen und mit ihr reden. Wir redeten über alles Mögliche, sie war einfach meine Vertrauensperson, meine bessere Hälfte. Wir überlegten gemeinsam, wie wir Magda nach Bachtal bringen konnten, ohne dass es zuhause jemand bemerkte.

Unsere Idee war, die moderne Technik in Anspruch zu nehmen. Ich hatte von Chips gehört, die den Leuten eingepflanzt werden, und davon, dass das Gegenstück in ein anderes Lebewesen eingepflanzt wird. So sollten zum Beispiel Ärzte Schmerzen empfinden können, die ihre Patienten spüren, um genauere Diagnosen zu stellen. Das war für uns der perfekte Plan. Das dachte ich jedenfalls.

Ein paar Studienfreunde hatten mir geholfen, ein Set dieser Chips zu besorgen. Heimlich ließen wir Magda einen dieser Chips einpflanzen. Da ich sie immer Bienchen nannte, musste eine kleine Biene her, die das Gegenstück bekam und mich nach Bachtal begleitete. Das sollte die vorübergehende Lösung gegen unsere Einsamkeit sein.

Soweit war der Plan ja auch eine gute Idee gewesen. Na ja, vielleicht auch nicht, weil die Idee noch nicht ganz ausgereift war. Magda spürte zuhause genau das, gefühlt, gehört und gesehen, was die Biene auch sah. Also alles, was der Biene passierte, passierte auch Magda zuhause.

Mein Bienchen begleitete mich immer in meiner Schultasche. Ich ging ganz normal – nur diese Male glücklich, da ich ihre Nähe spürte – zu meinen Vorlesungen und Seminaren. Allerdings war sie so neugierig, dass sie eines Tages aus meiner Tasche flog und von meiner Sitznachbarin Luisa bemerkt wurde.

Das Bienchen flog näher an sie heran, um sie zu beobachten und um zu gucken, warum sie überhaupt neben mir saß. Ich hatte schon ein mulmiges Gefühl bei der Sache und auch Magda zuhause muss sich komisch gefühlt haben.

Ich merkte nur, wie Luisa neben mir ganz hektisch wurde, weil sie Angst vor Bienen hatte. Sie wedelte wild um sich und schlug nach der Biene. Die Biene konnte nicht anders als zuzustechen. Luisa schrie auf vor Schmerzen und ich guckte nur panisch hinter der Biene her. Aber wie es die Natur so wollte, lag sie nun leblos auf dem Boden. Nun geriet ich in Panik. Ich wusste ja, dass Magda zuhause genau das fühlte, was die Biene hier fühlte.

Panisch rannte ich nach draußen, um Magdas Mutter anzurufen, doch sie ging nicht dran. Ich musste nach Hause fahren, um nach Magda zu sehen.

Zuhause empfingen mich meine Eltern bleich, mit verweinten Augen und trauriger Stimmung. Sie teilten mir mit, dass Magda vor kurzer Zeit aus dem Leben gegangen sei, ganz plötzlich und unerwartet – an einem Herzinfarkt sei sie gestorben. Dass ein so junges Mädchen schon an einer Herzerkrankung litt, verwunderte sie sehr. Ich hingegen wusste, warum sie wirklich gestorben war.

Die Trauer um meine geliebte Magdalena verging nicht. Ich war nicht nur zutiefst traurig und fühlte mich schuldig, sondern ich merkte, dass ich ohne sie nicht leben konnte – mir fehlte ein Teil meines Herzens.

Ich versuchte die Schuld auf alle anderen zu schieben. Auf meine Eltern, da sie uns voneinander getrennt hatten. Auf Magda, weil ihre Eifersucht die Biene zum Zustechen gebracht hatte. Auf die Erfinder, da sie diesen Chip überhaupt erfunden hatten.

Letzten Endes wurde mir aber bewusst, dass ich schuld gewesen war. Schließlich hatte ich sie dazu gebracht, diesen Chip auszuprobieren.

Ich konnte keine klaren Gedanken mehr fassen. Eine Fahrradtour durch die Berge sollte mich ablenken.

Als ich in die Nähe der Schluchten kam, sah ich eine Biene auf den Blumen sitzen. Sie erinnerte mich sofort an Magda. Im Vorbeifahren hatte ich nur noch Augen für die schöne Biene. Dabei merkte ich nicht, dass ich geradeaus auf die Klippen zu fuhr. Als ich nach vorne blickte, war es schon zu spät. Ich schrie noch ganz laut nach Hilfe, doch da wurde es mir schon schwarz vor Augen und es war vorbei.

Ich wurde aufgefangen von weichen Wolken, fühlte mich anders – so seltsam frei. Ich spürte Magdas Nähe und sah auch bald Magda mit ihrem engelsgleichen Gesicht. Plötzlich strömte die ganze Energie, die mich in den vergangenen Monaten verlassen hatte, zurück in meinen Körper. Freude und Glück überströmten meine Sinne. Die Angst, Magda nie wieder sehen zu können, war wie weggeblasen. Endlich konnten wir in Ruhe und für immer vereint bleiben.

So soll es gewesen sein. Nun stehen wir mit Magdalenas Familie am gemeinsamen Grab unserer Kinder. Die Schuldgefühle machen uns kaputt. Wir waren schuld. Wir hatten uns gestritten, die Kinder getrennt und nicht bemerkt, wie die beiden dadurch innerlich zu Grunde gingen. Durch diese Tragödie bemerkten wir, was wir angerichtet hatten.

Durch die tiefe Trauer entstand wieder ein besseres Verhältnis zwischen uns. Langsam kamen wir wieder zurück in das echte Leben. Doch es wurde nie wieder das richtige Leben.

Michael Kupka – Arz-nein

Im Kerzenschein des Jazz-Abends in der Cafeteria trafen sie sich erneut wieder. Er bestellte für sie noch ein Glas Eiskaffee. Er nippte an seinem Malzbier.

„Sag mal, David", begann sie, „hast du von den anderen auch schon gehört, dass sie uns für ein Liebespaar halten?"

„Agnes und David, das Liebespärchen der Medizinstudenten. Klingt jedenfalls sehr schön", erwiderte David.

Sie rührte weiter ihren Eiskaffee um. „Ich verstehe jedenfalls, von wo diese Annahmen kommen."

„Zwischen uns funkt es ja auch mehr als bei einem polnischen Böller", unterbrach David sie.

„Dein Humor hat mich schon bei unserer ersten gemeinsamen Vorlesung zum Staunen und Lachen gebracht. Daran hat sich bis heute nichts geändert, muss ich doch zugeben." Sie lächelte ihn an. „Es grenzt an ein Wunder, dass wir uns vom ersten Tag an so gut verstanden haben."

„Als wären wir für einander bestimmt", ergänzte er. Ihr Lächeln wurde breiter. Sie trank noch einen Schluck. Die Eiswürfel in ihrem Eiskaffee klirrten.

„David, ich muss dir etwas sagen", sagte sie leise. Ihr Lächeln verwandelte sich in einen unglücklichen, traurigen Blick.

„Was ist los, Agnes?" fragte er erstaunt.

„Ich habe einen Ehemann, den mein Vater mir ausgesucht hat. Ich werde ihn in ein paar Jahren heiraten müssen.", sprach sie ruhig, während ihr eine Träne an der Wange heruntertropfte.

„Das sieht dir aber nicht ähnlich, Agnes. Du bist so eine starke, junge Frau. Willst du wirklich den Wünschen deiner Eltern hinterherlaufen, statt dich selbst zu entfalten?", fragte er.

„Du kennst mein wahres Ich einfach nicht". Die Tränen rannen nun ungehemmt über ihre Wangen.

„Dann werde ich es von jetzt an kennenlernen. Ich werde dich nicht aufgeben!"

„Nein! Gib mich auf", schluchzte sie. Doch er nahm sie in den Arm, streichelte ihr durch ihr goldig schwarzes Haar, schaute ihr in die Augen und sprach: „Ich werde dich beschützen, Agnes, egal was passiert." Er hielt sie noch wenige Minuten so im Arm, dann sagte er: „Es ist bereits spät. Soll ich dich nach Hause fahren?"

Sie nickte, er bezahlte und sie gingen zum Parkplatz. Er öffnete die Beifahrertür seines weißen Wagens. „Wo muss ich dich absetzen?", fragte David. Sie tippte die Adresse in das Navi ein und er startete den Motor. „Ich wusste gar nicht, dass du so weit weg wohnst. Wie wärst du denn nach Hause gekommen?", wunderte sich David. Agnes antwortete: „Normalerweise fährt mich mein Vater hin und zurück. Wegen dem wöchentlichen Jazz-Abend sagte ich ihm aber, dass eine Freundin mich nach Hause fahren würde, damit er sich einen entspannten Abend machen kann."

„Welche Freundin denn? Wartet sie denn jetzt nicht auf dich?", fragte er verwundert.

„Nein, sie sitzt angeschnallt, direkt neben mir", sprach sie kichernd. Ihr Antlitz entspannte sich zu einem Lächeln.

„Wie jetzt? Ich bin mir doch ziemlich sicher, männlichen Geschlechts zu sein und ich meine auch noch nie das Gegenteil vor dir behauptet zu haben. Erkläre dich bitte!" Theatralisch fuchtelte er mit seinem Zeigefinger in der Luft herum.

„Fahr schon mal los. Die Fahrt wird lang, ich erkläre dir währenddessen alles.", murmelte sie, während sie den Gurt anlegte. „Also, seit wann bin ich transsexuell?", erkundigte er sich scherzend.

„Es ist wegen meinem Vater. Er würde mich schlagen, wenn er herausfände, dass mich ein anderer Mann als mein zukünftiger Ehemann fährt", sprach sie zu ihm. Er unterbrach sie: „Du sagtest, du erklärst mir alles. Wer ist dieser Ehemann, den dein Vater ausgesucht hat?"

„Sein Name ist Vladimir Cornelius", antwortete Agnes angespannt. „Er ist sechs Semester über uns."

„Vladmir Cornelius? Ich kenne ihn", warf er ein. „Warum sollst du denn gerade ihn heiraten?"

„Mein Vater hat ihn aus rein geschäftlichen Gründen ausgesucht. Vlad ist der Sohn von August Cornelius, der Gründer von Cornelius Industries", erwiderte sie.

„Du siehst mir allerdings nicht aus, als hättet ihr derartiges Geld nötig", bemerkte er.

„David, du kennst das Gesamtbild einfach nicht. Den Erfolg meines Vaters, mein sorgenloses Studentenleben – das alles haben wir August Cornelius zu verdanken. Wir sind gewissermaßen auf dieses Geld wirklich angewiesen", erklärte sie. „Vladimir ist auch absolut in mich verliebt. Ich bin wohl seine Traumfrau."

„Und, liebst du ihn auch?", wollte David wissen.

„Ich kann ihn nicht ausstehen!" Sie verzog das Gesicht zu einer angewiderten Grimasse. „Er war mir schon immer unsympathisch."

David schaute ihr betroffen in die Augen. Für einen Moment schwiegen sie, dann erkundigte er sich vorsichtig: „Was wirst du tun?"

„Ach David, wenn ich das wüsste. Statt für das Studium zu lernen, habe ich mich fast nur mit diesem Thema beschäftigt. Dennoch konnte ich keine Lösung finden. Die Lage ist schier aussichtslos. Ich weiß nicht, wie es weitergehen soll", erklärte sie.

Leise fragte er: „Du hast aber nicht schon an Selbstmord gedacht, oder?"

„So peinlich es mir ist, ich gebe es zu. Ich habe Suizid als Option in Erwägung gezogen. Ich wünschte, es gäbe eine Lösung, bei der niemand zu Schaden kommt", gestand sie. Der Motor brummte. Agnes schaute nach draußen. Ihr Blick schien an den Himmel gefesselt zu sein. „Die Sterne sind heute sehr schön."

„Die Sonne strahlt aber heller, wärmer und schöner, als alle Sterne es gemeinsam könnten.", entgegnete er.

„Wir haben Nacht. Wo siehst du bitte die Sonne?", fragte Agnes verwirrt. David grinste spitzbübisch. „Sie sitzt neben mir." Ihr Blick löste sich von der Scheibe. Sie schaute ihm lächelnd in die Augen. „Ich hoffe, ich sehe für dich nicht aus, wie ein riesiger rotierender Gaskörper", grinste sie.

„Und selbst wenn du ein riesiger rotierender Gaskörper wärst, würdest du immer noch der Schönste in diesem Universum sein und dazu der Einzige für mich." Agnes strahlte zufrieden. „Von deinem sowohl kindlichen, als auch erwachsenen Charakter, der mich immer wieder ins Staunen versetzt, ganz abgesehen. Für dich wurde der Begriff Perfektion erfunden", fügte er flink hinzu.

„Und du hast ihn neu definiert", sprach sie leise.

Für wenige Minuten blieb es still im Auto. Die beiden schienen verschlungen in der Galaxie der Scheinwerfer zu sein. Er legte seine Hand auf den Schaltknauf. Sie legte ihre Hand auf seine. Sie strahlten.

„David", sprach sie.

„Ja?", fragte er.

„Du bist eine seltsame Person. Du bist jünger als ich, aber irgendwie geordneter und reifer, was mich wundert. Du bist immer ehrlich, nett und deinen Idealen treu – die Art von Mensch, die eine Frau wirklich glücklich machen kann. Ich weiß nicht, ob ich diejenige sein kann. Vielleicht verdiene ich deine Gefühle nicht. Ich wünschte, ich könnte für immer an deiner Seite sein."

Davids normalerweise blasses Gesicht wurde rot. Erneut erfüllte Stille das Innere des Wagens, bis eine Computerstimme ertönte: „Sie haben ihr Ziel erreicht."

„Danke, David. Vielen Dank." Dankbar blickte sie ihn an. „Es war mir Freude, wie Ehre, mein Sonnenschein.", erwiderte er. Sie lächelten sich an. „Fahr lieber los, bevor mein Vater den Teleskopschlagstock rausholt", grinste sie.

„Es wäre schade um meinen Wagen", scherzte er zurück. Sie stieg aus und rannte zum Haus. David begann die Rückfahrt.

In den folgenden Tagen war von Agnes nichts mehr zu hören. David sorgte sich. Die Unruhe in ihm stieg von Tag zu Tag. Eines Nachmittags verlor er die Fassung und stieg in seinen Wagen. Die Adresse war noch eingegeben und er machte sich auf den Weg zu ihrem Haus, der Anwesenheit ihres Vaters zum Trotz. Jede Minute steigerte die Anspannung seines kochenden Blutes. Tempolimits waren nichts als bedeutungslose Zahlen. Er hatte nur noch eine Sache vor Augen, im Kopf und im Herzen – Agnes.

Endlich erreichte er ihr Haus. Er schloss den Wagen ab und sprintete zur Haustür. Er donnerte gegen die Tür, bis ihr Vater endlich die Tür öffnete. „Wer sind Sie? Was wollen Sie hier?", fragte Agnes Vater verwirrt.

„Lassen Sie mich rein, ich muss Agnes sehen!"

„Sie ist gerade nicht zu Hause. Wer sind Sie überhaupt? Was wollen Sie von meiner Tochter?", erwiderte ihr Vater misstrauisch.

„Wissen Sie, wo sie ist?", fragte David hektisch.

„Ich weiß es nicht. Sie hat mir nicht einmal Bescheid gegeben, dass sie raus geht."

„Ich fürchte, nein, ich habe Grund zur Annahme, dass Ihre Tochter in Lebensgefahr steckt." Er versuchte das Zittern in seiner Stimme zu unterdrücken, aber es gelang ihm nicht. Irritiert und verständnislos blickte Agnes' Vater ihn an.

„Warum, bitte, soll Agnes… Moment." Ein Klingelton unterbrach den Vater. Davids Handy klingelte. Er nahm den Anruf umgehend an. „Agnes?", fragte David verzweifelt. „Lebe wohl, David", tönte es aus seinem Handy.

„Was sprichst du da, Agnes? Wo bist du?", fragte David angespannt. Agnes antwortete: „Danke für alles, David. Auch wenn es kurz war, hatte ich viel Spaß und Freude." „Sag mir bitte, wo du bist, ich bin sofort bei dir.", sprach David hektisch.

„Ich bin froh, dich kennengelernt zu haben, David", weinte Agnes. Der Kontakt zum Handy brach ab. Davids Herzschlag verstummte – für einen Moment. Er ging zögerlich zu seinem Wagen. Er öffnete die Tür und wartete einen Augenblick. Der Vater schwieg. Aus dem Handschuhfach griff David eine Dose mit Tabletten und spülte zwei Hände voll mit einer Flasche Wasser herunter. Der Vater ergriff erschrocken das Wort: „Junge, was machst du denn da?!" David bekam kein Wort mehr aus dem Mund. Er fiel um. Halb bei Bewusstsein sah er, wie der Vater herbei gerannt kam und ihn in das Haus schleppte und auf ein Sofa legte. Der Vater setzte sich neben ihn und versuchte Agnes anzurufen, doch sie war nicht zu erreichen. Danach rief der Vater den Notarzt, welcher anscheinend erst in 45 Minuten am Haus sein könnte. David sprach schwach: „Es sind meine Schlaftabletten. Lassen sie mich einfach sterben. Ohne sie will ich nicht sein." Der Vater schaute ihm angespannt in seine halb geschlossenen Augen, während er am Telefon Bescheid gab, dass es sich um eine Überdosis Schlaftabletten handle. Es vergingen noch ein paar Minuten. Er sprach ruhig: „Du bist also David? Schön, dass ich dich auch mal kennenlernen darf." David antwortete leer: „Ich wünschte ebenso wie Sie, dass es unter anderen Umständen wäre."

Sie schwiegen. Der Vater wusste sich mit dieser Situation nicht zu helfen. David schloss die Augen. Er versagte sich dem Leben. Eine schier grenzenlose Stille erfüllte das Haus für einen Moment. Der Vater spürte, dass Davids Puls schwächer wurde. Plötzlich öffnete ein Mann in schwarzem Sakko und schulterlangen braunen Haaren die Haustür. Der Vater schrie auf: „Vladimir, was machst du hier?" Er sprach ruhig: „Ich habe Agnes hergebracht." Sie folgte ihm durch die Haustür und lief direkt zu dem Sofa, auf dem David im Sterben lag. Vladimir ging wieder hinaus und schloss die Haustür hinter sich. David öffnete mühsam die Augen, als er aus der Entfernung ihren Atem erkannte. „Agnes?", flüsterte er leise. Sie nahm ihn in den Arm und weinte. „Was ist hier los, David? Warum schwächelst du so?", sprach sie. „Vater? Was ist hier los?"

„Nach deinem Anruf", sagte ihr Vater, „den ich übrigens mitgehört habe, hat er sich eine Überdosis Schlaftabletten eingeworfen. Seitdem ist er so schwach. Agnes, was ist los, verdammt?" Agnes erwiderte traurig: „Ich wollte mich vom Dach der Universität stürzen. Vladimir war zufällig in der Nähe und zog mich vom Geländer, wobei mein Handy allerdings hinunterfiel und zerbrach. Er erklärte mir, Mitgefühl für mich und die Situation zu haben. Er würde sich um unsere finanzielle Stabilität auch ohne Hochzeit und Beziehung kümmern. In der Angst um David, stiegen wir sofort in sein Auto und fuhren auf dem schnellsten Weg nach Hause. Ich habe David gehört und wusste, er müsste bei uns zu Hause sein." Sie wandte sich von ihrem Vater ab. „Oh David, wenn ich das nur gewusst hätte!" Er öffnete seine Augen noch ein letztes Mal, schaute Agnes an und sammelte all seine Kraft: „Ich liebe dich, Agnes, ich liebe dich."

Er starb in ihren Armen. Sie fühlte keinen Puls mehr und von dem Notarzt war keine Spur. Sie schrie bitterlich. Die Schmerzensschreie aus ihrer Seele tönten lauter und eindringlicher, als jeder Schlachtruf es könnte. Es spielte kein Lied der Liebe mehr. Die Dunkelheit brach herein.

Niko Neumann – Der Schwur des Talis

Yggdrasil die Weltenesche. Sie steht im Zentrum der Welt und verbindet die verschiedenen Welten miteinander. Sie gilt als Himmelsstütze und stützt das Himmelsgewölbe. Die Welt reicht nur so weit wie ihre Zweige und Wurzeln reichen. Die Weltenesche verkörpert den gesamten Kosmos. Ihre drei großen Wurzeln verbinden die drei Ebenen.

Ganz am Fuße des Baumes liegt die Unterwelt, in der sich die Welten Schwarzalbenheim, die Heimat der Zwerge, Niffelheim, das Reich des Eises, des Nebels und der Finsternis, und Helheim, das verborgene Totenreich befinden.

Nächst höher gelegen ist die Erde, in der sich die Welten Muspelheim, die Heimat der Feuerriesen, Jötunheim, die Heimat der Riesen, und Midgard die Heimat der Menschen befinden.

Darüber folgt die Oberwelt, in welcher man die Welten Wanenheim, die Heimat des Geschlechtes der Wanen, Albenheim, die Heimat der Alben, und Asgard, die Heimat des Göttergeschlechts der Asen findet.

Eine Verbindung zwischen zwei Welten ist der Bifröst eine strahlende Regenbogenbrücke, welcher Asgard und Midgard verbindet.

In Midgard lebte Talis, ein sechzehnjähriger Junge in einem kleinen Dorf in Skandinavien, welches am kalten Meer lag. Er hatte hellbraunes Haar und warme braune Augen. Talis hatte eine schlanke, aber leicht athletische Statur und war ein freundlicher und hilfsbereiter Junge. Er war ein relativ schlaues Kerlchen und löste Probleme eher mit seinen Verstand, statt mit roher Kraft – zum Missfallen seines Vaters Hjalmarr.

Hjalmarr war ein zwei Meter großer und kräftig gebauter Mann und der stärkste Krieger des Dorfes. Der rotbärtige Riese von einem Mann war Talis Vater, der versuchte, aus seinen Sohn einen starken Mann zu machen.

Talis hatte auch einen neunjährigen Bruder Namens Thore. Sie drei lebten mit einer kleinen Gruppe anderer Leute in einem kleinen Dorf am Meer. Es bestand aus wenigen kleinen Holzhütten und einer großen Versammlungshalle, in welcher sich oft das ganze Dorf traf und Geschichten erzählte, Versammlungen abhielt und Feste feierte. Es lag nah am Meer und hatte einen kleinen Hafen mit Pier. Um das Dorf lagen mehrere Hügel und dahinter begann ein dichter Tannenwald. In der Ferne lag ein mit Schnee bedecktes Gebirge.

Es war ein frostiger Wintermorgen, als Talis und sein Vater in den Wald aufbrachen. Hjalmarr wollte seinem Sohn endlich die Kunst des Jagens beibringen, doch Talis wirkte schon immer etwas ungeschickt beim Jagen. Manchmal dachte Hjalmarr, dass Talis die Tiere mit Absicht verfehlte, oder sollte es nur so wirken? Eins war klar, sein Sohn musste es lernen. Talis hatte einen braunroten Pelz als Jacke um und trug eine braune Lederhose mit Stiefeln. Als Hjalmarr beim Marsch seinen Sohn ansah, blickte er in seine wachen und liebevollen braunen Augen. Sein kurzes und leicht gelocktes Haar flog im leichten Wind umher.

Beide hatten einen Speer bei sich sowie ein Netz. Sie bahnten sich einen Weg durch das dichte Unterholz, bis sie am Rand einer Lichtung ankamen. Das Licht der Sonne fiel durch die Baumkronen großflächig auf den Boden. Die Lichtung war mit kleineren Gräser und niedrigen Büschen bewachsen, und in der Ferne am Rand erblickte Talis einen weißen Hirsch, welcher sich unbeschwert satt aß. Sein Vater bemerkte den Hirsch auch und drückte seinen Sohn in Deckung hinter einen Strauch.

„So mein Junge", flüsterte er ihm zu. „Deine erste Beute wartet dort auf dich. Der Wind weht zu unseren Gunsten und verrät uns nicht. Hol ihn dir."

„Aber Vater. Er ist doch so anmutig, muss er wirklich sterben? Können wir ihn nicht ziehen lassen?"

Danach wurde er einen Moment still, als sein Vater ihn nur anstarrte. Talis dachte daran, dass er ungern Tiere tötete. Es gefiel ihm nicht. Er hasste es sogar, sie ohne Grund sterben zu sehen. Er war zwar auch ein guter Fischer, doch nur, weil er in der Zeit, wo sein Vater mit den anderen Kriegern auf

Beutezug ging, die Alten, Frauen und Kinder mit Essen versorgen musste. Sein Vater wollte ihn schon lange zu einem Mann machen, doch Talis wusste, das er diese Art von Mann eigentlich nicht sein wollte. Er wollte nie jemanden einfach so verletzen. Als er so nachdachte, stieß ihn sein Vater leicht an und flüsterte verärgert: „Stell dich nicht an! Ich will, dass aus dir ein Mann wird und kein ungeschickter Hirte, der Tiere hütet und bei den Waschweibern sitzt. Hol ihn dir jetzt!"

So nahm Talis, von seinen Vater dazu gedrängt, seinen Speer hoch, fixierte kurz das Tier, schaute dann schnell zur Seite und warf ihn. Der Speer verfehlte sein erzwungenes Ziel und prallte mit einem Knacken gegen einen Baum. Der Hirsch bemerkte es verschwand darauf im Unterholz. Der Junge hatte noch immer den Kopf zur Seite geschlagen, den Blick auf den Boden gerichtet. Er wusste, dass ihn sein Vater anstarrte, so wie er es immer tat, mit einer Mischung aus Ungläubigkeit, Bedauern und Enttäuschung. Doch er sagte nichts. Stattdessen ging der Vater zu dem Speer seines Sohnes und zog ihn aus dem Baum. Beide machten sich nun schweigend durch das Dicklicht auf den Weg zu ihrem Dorf.

Nach einiger Zeit gelangten sie zur Hügelkette, welche das Dorf umgab. Es dämmerte schon und Schnee fiel von der graublauen Wolkendecke. Sie gingen über die Hügel, hinab auf das kleine Dorf zu, welches wild zusammengezimmert zu sein schien. Aus ein paar Hütten strahlte Licht aus den Fenstern, so wie aus der großen Versammlungshalle, welche

Rauch aus einem Kamin in den Himmel spuckte. Talis und sein Vater gingen auf eine schiefe und von Moos bewachsene Hütte zu, welche in der Nähe des Piers stand, auf der gegenüberliegenden Seite des Hafenlagerbezirks. Als sie sich der Hütte näherten, erhaschte Talis einen kurzen Blick auf etwas, das am Fenster vorbei huschte, und einen Moment später riss jemand die knarrende Holztür auf. Aus ihr lief ein kleiner schmächtiger Junge mit blonden Haar und blauen Augen, welcher auf Talis zukam. Ungestümen Schrittes rannte er auf Talis zu, umarmte ihn mit einem Lächeln und drückte sich fester an ihn.

„Warum schaust du so bedrückt, Bruder? Hast du wieder einmal nur einen Baum erlegt?", fragte der kleine Junge freundlich.

„Du hast es erraten mein Sohn", sprach Hjalmarr spöttisch und ging auf die Hütte zu. „Hoffen wir, dass er sich bessern wird, sonst wirst du noch früher als Talis ein Mann." Ihr Vater ging in die Hütte und Talis flüsterte bedrückt zu seinem kleinen Bruder: „Ach Thore. Ich habe Vater wieder einmal enttäuscht." „Macht nichts, Bruder. Wir wissen doch wie du bist. Du kannst ihn aufmuntern. Morgen gehen wir zusammen zum See und fangen Fische, das wird ihn sicher freuen. Du bist doch mein schlauer großer Bruder. Kein Fisch kann deinen Fallen entkommen. Komm jetzt mit rein. Wir sollten morgen Früh ausgeschlafen sein." So nahm Thore seinen großen Bruder an die Hand, sie gingen in die Hütte und legten sich schlafen.

Am nächsten Morgen stand Talis früh auf und weckte seinen Bruder. Sie gingen in die Küche und nahmen sich etwas Brot. Er und Thore nahmen einen Eimer, Stöcke und Seile mit und verließen leise die Hütte ohne ihren schlafenden Vater zu wecken. Sie gingen über die leicht beschneiten Hügel und näherten sich einen kleinen See, welcher am Waldrand lag. Sie setzten sich auf einen Stein und Talis fing an mit der Hilfe von Thore die Stöcke und Seile zu verbinden, bis nach etwa einer Stunde ein Holzkäfig mit einer Klappe fertig war. Sie befestigten Steine an ihn und banden ein Stück Brot in das Innere des Käfigs. Talis versenkte ihn im See und nun warteten sie darauf, dass ein Fisch anbiss. Talis fragte seinen Bruder: „Warum kann ich nicht einfach so sein, wie es Vater will? Ich verstehe es nicht. Ich will ihn doch stolz machen." „Du bist einfach du selbst. So bist du und daran kann auch Vater nichts ändern. Er meint es ja nur gut mit uns. Auch wenn du nicht so kräftig bist wie er, so bist du doch einfallsreich und geschickt mit den Händen. Du nutzt eben deinen Verstand, anstatt nur Gewalt. Eines Tages wird er deine Fähigkeiten zu schätzen wissen." Erklärte Thore mit einen Lächeln. „Ich hoffe eines Tages erkennt er das genauso wie du. Danke Thore." Sprach Talis freundlich. Nach einiger Zeit biss ein Fisch an und die Falle schnappte zu. Talis füllte den Eimer mit Wasser und schüttete den großen Fisch hinein. Er nahm den Käfig zur Seite und ging mit seinen Bruder und ihren Fang zurück Nachhause, wo ihr Vater schon auf sie wartete.

Als Hjalmarr sie sah freute er sich und beglückwünschte seine Söhne zu ihren Fang: „Auch wenn es kein Hirsch ist, so ist er doch besser als nichts. Das habt ihr gut gemacht meine Söhne. Kommt und lasst uns ihn Braten und uns gut schmecken." Er legte seine großen Hände auf die Schultern seiner Söhne und sie gingen in die Küche und bereiteten den Fisch zu, welchen sie am Mittag aßen.

In der Nacht suchten Talis Schatten in Träumen heim. Sie schlangen sich um ihn und tauchten seine Sicht in Dunkelheit, bis aus dieser heraus eine kräftige Gestalt mit roten Bart, Helm und Rüstung auf ihn zu kam. Es war sein Vater, Hjalmarr. Er verschränkte die Arme und blickte enttäuscht auf Talis nieder, welcher am Boden kauerte. „Aus dir wird nie ein Mann werden. Du bist eine Schande, jagst nicht, kämpfst nicht. Du hast mich enttäuscht." Sprach sein Vater finster und hob eine Axt hervor, welche auf ihn zu raste. Mit einem Schreck wachte Talis mitten in der Nacht auf. Er wischte sich den Schweiß aus dem Gesicht und schaute aus einen Fenster in die kühle sternenklare Nacht. Seine Augen sahen in die Ferne über die Hügel und den Wald hinweg und er dachte über seinen Traum nach. Ob er wirklich eine Enttäuschung für seinen Vater war? Würde er nie ein Mann werden und seinen Vater glücklich machen? Er dachte zurück an seine Vergangenheit. An die Jahre seiner Vorbereitung ein Mann zu werden und wie oft er von seien Vater ermahnt und belehrt wurde, wie oft er seinen enttäuschten Blick gesehen hatte. Talis wollte dies endlich ändern. Er wusste, dass ihn sein Vater liebte, doch sah er ihn nicht als Mann. Er wollte seinen Vater zeigen was er kann, wenn er es nur will. Talis wollte ihn stolz machen und faste den Entschluss am nächsten Tag sein Heim zu verlassen und alleine in den Wald zu gehen um zu Jagen. Wenn er mit etwas als Beute zurück kommen würde, so wäre Hjalmarr bestimmt stolz auf ihn und würde sein Verhalten nie mehr kritisieren. Er schaute noch eine Zeit in die klare Nacht, bis graue Wolken aufzogen und den letzten Stern verschluckten. Er legte sich zurück in sein Bett und schlief wieder ein.

Am nächsten Tag stand er früh auf und versuchte schnell durch die kleine Hütte hinaus zu gehen, wobei ihn jedoch sein Vater erwischte und ihn fragte: „Wo willst du denn so früh hin, Talis?" „Ich wollte hinaus gehen zum See, um etwas zu entspannen und vielleicht einen neuen Fischkäfig zu machen", antwortete Talis. Sein Vater erwiderte mahnend: „Aber dass du mir bloß früh genug wieder nach Hause kommst, bevor es dunkel wird."

„Versprochen." Talis nickte und wollte gerade durch die Holztür gehen, als ihn sein Bruder auf den Rücken tippte und mit einen Lächeln sagte: „Pass auf dich auf, dass dich keine Forelle beißt. Und vergiss nicht, dass du mir noch beibringen wolltest, wie ich richtig auf einen Baum klettern kann."

Talis fuhr Thore freundlich mit einer Hand durch das Haar. „Natürlich, kleiner Bruder. Bis später."

Talis verließ die Hütte und ging um diese herum zu einem kleinen Schuppen, der an die Hüttenwand gebaut war. Dort lagerte sein Vater die verschiedensten Dinge, von Nahrung bis hin zu Werkzeugen. Und auch Holzspieße, welche mit einfachen Handgriffen leicht zu einem Speer gemacht werden konnten. So nahm er sich einen Spieß und ein Messer und schnitzte einen Speer. Nachdem er fertig war, verließ er vorsichtig den Schuppen mit dem Speer und wickelte ihn in ein Stoffstück.

Am Hafen sah Talis ein Schiff ablegen, das waren wohl die Krieger, welche wieder einmal auf Beutezug fuhren. Er verließ unauffällig das Dorf, immer in Richtung See gehend. Ein zufälliger Beobachter hätte annehmen müssen, er wolle zum Angeln gehen. Als er außer Sichtweite war, änderte er die Richtung und gelangte nach einem kurzen Marsch über die Hügel zum Waldrand. Er ging tief in den Wald, wobei das Gelände immer hügeliger wurde. Um den Weg zurück zu finden, schnitzte er mit seinem Messer Markierungen an die Bäume. So lief er vorsichtig durch das Unterholz, bis er an ein Randgebiet des Waldes kam. Endlich ragte ein steiler und mit höheren Gräsern bewachsener Hügel vor ihm auf, dazwischen lag eine Wiese.

Der Junge verbarg sich in einem Busch und wartete auf Beute. Er war ganz still, während die Zeit verstrich und der Wind kühl über sein Gesicht blies. Er dachte daran, dass er seinen Vater stolz machen wollte und entschlossen war zu zeigen, wozu er fähig war. So verstrich die Zeit, bis er einen

Laut hörte. Er verbarg sich tiefer im Busch und hielt den Atem an. Da kam plötzlich ein weißer Hirsch aus dem Unterholz. Er lief zum Hügel, um sich dort an den höheren Gräsern satt zu fressen. Talis fokussierte mit seinen Augen den Hirsch und hob langsam den Speer in die Höhe. Ganz vorsichtig und langsam verließ er sein Versteck und betrachtete das ahnungslose Lebewesen. Als er das Tier so ansah, sah er in dessen völlige Gelassenheit und Friedlichkeit, und Mitleid stieg in ihm auf.

Er verstand es nicht, wieso er es nicht schaffte, den Hirsch zu erlegen. Seine Hände waren wie erstarrt und sein Herz pochte, nicht fähig diesem Geschöpf etwas anzutun. Auf einmal drehte sich der Hirsch um, er hatte ihn bemerkt. Beide starrten sich kurz in die Augen, das Tier machte kehrt und verschwand hinter dem Hügel. Überwältigt von Enttäuschung über sein Zögern, lief Talis dem Hirsch hinterher und schrie.

So bemerkte er nicht den steilen Abhang des Hügels. Er verlor den Halt, stolperte ihn hinunter, über eisige Erde, bis er an einen Felsen aufkam und sein sich Blick trübte. Das Letzte, das er wahrnahm, war der davonlaufende Hirsch in der Ferne. Dann umfing ihn die Dunkelheit.

Ein kühler Wind wehte über den geschundenen Körper, als Talis erwachte. Es war tiefe Nacht um ihn herum und es fiel Schnee vom Himmel. Er fasste sich an die wunden Stellen, welche der Sturz verursacht hatte und stand unter Schmerzen auf. Er musste zurück nach Hause. Er stieg vorsichtig den Hügel hinauf und suchte im Wald nach den Markierungen, welche er hinterlassen hatte, und fand diese nach einiger Zeit und Mühe des Suchens im Dunkeln. Talis folgte diesen durch den völlig stillen Wald, bis er an dessen Rand zur Hügelkette gelangte. Die Markierungen führten ihn hinauf und er sah in der Ferne Rauch und unnatürliche Helligkeit aufsteigen, die den weißen Schneefall durchbrachen.

Nun rannte er ihn hinauf, bis er es sehen konnte. Sein Dorf stand in Flammen. Überall lagen Gestalten am Boden, welche das Feuer beschien. Als er näher kam, bemerkte er wie in Trance, dass es die anderen Dorfbewohner waren. Sie hatten entsetzliche Wunden und blutige Bissspuren am Leib. Es lagen dort Alte, Frauen und Kinder mit einem von einem namenlosen Entsetzen entstellten Antlitz. Die hoch auflodernden Flammen erhellten das Grauen.

Talis war entsetzt und verstand nicht, was geschehen war. Da fiel ihm seine Familie ein. Er nahm alle Kraft zusammen und rannte durch die lodernden Ruinen, welche sein Dorf waren, bis er zu seiner Hütte kam. Die Tür war aufgerissen und zwei Leiber lagen dahinter am Boden. Ein großer und ein kleiner. Als er näher kam, schluckte er schwer. Er sah seinen Vater, welcher seinen Bruder Thore an sich drückte. Thores Augen waren geschlossen und eine klaffende Wunde entstellte seinen Bauch. Hjalmarr wimmerte und weinte, bis er Talis bemerkte. Sein Sohn sah ihn mit Tränen in den Augen an und sah nun eine kleine Axt, welche in der Brust seines Vaters steckte. Blut quoll aus der tödlichen Wunde. Talis rannte schluchzend zu seiner Familie und fragte bestürzt: „Was ist hier geschehen, Vater? Was ist mit Thore?" Und er fing an stärker zu schluchzen, während ihm Tränen über das Gesicht liefen. Hjalmarr schaute zu seinen Sohn und erwiderte langsam: „Wo warst du? Das Dorf wurde..." Er spuckte Blut und setzte nach: „… wurde überfallen. Wir hätten dich gebraucht. Wo warst du nur?" Er wurde stiller und sprach noch mit schwindender Kraft: „ Talis, du… du musst... du musst…"

Und sein Vater verstummte und erschlaffte, während sein Blick sich weitete und er seinen Sohn mit leeren Augen ansah. Talis weinte und drückte seine Familie an sich. Als der erschütterte und trauernde Junge wieder aufsah, fing sein Blick einen Mann ein. Er hatte einen Wolfspelz um und belud einen Schlitten mit Kisten und Gegenständen aus dem Dorf, begleitet von zwei Wölfen. Der Fremde bestieg den Schlitten und fuhr dann von den Wölfen gezogen hinaus zu den Hügeln, hinter welchen die Finsternis der Nacht emporragte.

Talis konnte den Anblick dieses Übels nicht länger ertragen. Der nun verwaiste Junge lief voll Trauer und Entsetzen aus dem Dorf. So lief er über die Hügel in die kalte Nacht hinaus, während Gedanken an Rache und zugleich Schuldgefühle in ihm wuchsen, wie ein Unkraut, welches seinen Geist umschlang. Er fragte sich, wer der Fremde war, warum er seinem Dorf und seiner Familie dies angetan hatte.

Und… warum er nicht rechtzeitig dort gewesen war und warum er sie nicht beschützen konnte.

Tief in seinen Emotionen gefangen, warf Talis sich zu Boden und rief in die Nacht: „Bei allen Göttern und allem Leben auf der Welt schwöre ich Rache für meine Familie und mein Dorf! Ich werde sie stolz machen und den Mann töten, welcher für all das Leid verantwortlich ist! Bei meinem Leben!"

Als seine Worte verklungen waren, vernahm er vom Boden her eine leise zischende Stimme: „Du willst also Rache führ deine Familie? Ich kann dir eine Lösung bieten." Talis sah sich nun auf dem Boden um und sah nach kurzer Zeit, zwischen Schnee und Gräsern, eine blaue Schlange mit grauen Flecken und roten Augen. Sie schlängelte sich am Boden auf Talis zu und hob ihren Kopf zu dem Jungen hin.

„Wer bist du?", fragte Talis überrascht.

„Mein Name ist Armin, und wer ist der Junge, welcher in tiefster Nacht in dieser Kälte das Himmelsgewölbe anruft?"

„Ich bin Talis und du hast recht gehört. Ich will den Mann töten, welcher mein Dorf und meine Familie umgebracht hat, den Mann, der mir alles nahm, was ich liebte. Du willst mir helfen, warum und wie?"

„Ich weiß, wie es ist seine Familie zu verlieren, und du tust mir leid. Ich weiß von einem Mann. Er lebt einen halben Tag von hier entfernt in einem Moor, welches als die Carr bekannt ist. Der Mann heißt Kjartan, er ist ein Meister der Kampfkunst und könnte dich lehren, deine Rache zu verwirklichen."

„Wo genau kann ich ihn finden?"

„Wende dich immer Richtung Osten." Armin wandte seinen Schlangenkopf in die gewiesene Richtung. Talis bedankte sich bei Armin und los. Während Talis in die Nacht lief, schaute Armin ihm mit funkelnden Augen nach.

Nach einem langen Marsch kam Talis an den Rand eines stinkenden Moorgebietes, in welchem Sträucher und sterbende Bäume versanken. Er sah auf ein riesiges Gebiet voller schmutziger Wasseransammlungen, in welchen vereinzelte kleine Flecken Erde wie Inseln hervortraten. Müde von dem langen Marsch begab sich Talis, gelenkt von seinem Schwur, langsam in die Carr. Der Weg war mühselig. Beinahe wurde er vom Moor verschluckt, als er unbedachte Schritte tat. So ging er einige Stunden durch dieses Moor, bis er in der Ferne auf einer kleinen Erdinsel, welche von starker Vegetation umgeben war, einen Feuerschein wahrnahm.

Talis folgte dem Feuer und kam nach einiger Zeit bei der Insel an. Dort fand er ein Lager vor, ein Feuer prasselte in der Mitte, etwas weiter daneben stand ein Zelt aus Tierhäuten und an einer Holzstange hingen zwei gerupfte Vögel. Dies musste das Heim von Kjartan sein. Talis rief ihn, erhielt keine Antwort und durchsuchte daraufhin das

Lager, doch fand er keine Spur von dem Einsiedler. Schließlich beschloss er am Feuer zu warten, bis er zurückkäme. Es wurde dunkel und er konnte kaum seine Augen offen halten, als er ein Geräusch hinter sich vernahm.

Talis rollte sich gerade rechtzeitig genug zur Seite, als eine Axt dort einschlug, wo er eben noch gesessen hatte. Er rappelte sich auf, drehte sich um und sah einen breitschultrigen bärtigen Mann, mit struppigem Haar und wilden braunen Augen, welche Talis anstarrten. Der Mann rief wütend: „Eindringling! Verschwinde, du Made!" Und er hob seine Axt auf und zielte wieder auf den Jungen, welcher nun beim Versuch auszuweichen ungeschickt über einen Ast nach hinten stolperte. Der Fremde baute sich wie ein Bär vor dem Jungen, auf zum Schlag bereit. Darauf nahm Talis Dreck in die Hände und schleuderte ihn dem Mann ins Gesicht, welcher geblendet aufschrie und wild um sich schlug. Nun hatte Talis genug Zeit aufzustehen. Er rannte in Richtung eines kahlen Baumes, den er schnell hinaufkletterte. Von dort sah er den Mann wüten, bis er nach kurzer Suche Talis erspäht hatte. Der Mann kam auf den Baum zu und rief herauf: „Niemand hat es bisher gewagt, mich auszurauben und damit lebend davon zu kommen. Komm herunter, Dieb!"

„Ich bin kein Dieb. Ein Dieb hätte wohl kaum auf den Bestohlenen gewartet, oder? Mein Name ist Talis und ich suche einen Mann namens Kjartan. Ich will bei ihm lernen ein Kämpfer zu werden."

Talis' Erklärung jedoch beruhigte den Mann nicht und er schien ihm auch nicht zu glauben. Wieder schrie er ihn an, herunterzukommen. Andernfalls werde er den Baum einfach umhacken. Schon erhob der Kerl seine Axt.

Da fasste Talis den Entschluss, sich dem Mann zu stellen, sprang den Baum herab und landete vor dem Krieger, welcher ihn überrascht ansah. Der Mann sah in Talis warme braune Augen, welche vor Entschlossenheit brannten, worauf der Mann seine Axt sinken ließ.

„Deine Tapferkeit beeindruckt mich, Talis. Zuvor hat es noch niemand so lange ausgehalten gegen mich zu bestehen. Mein Name ist Kjartan. Du willst also lernen zu kämpfen. Warum das? Wo du doch anscheinend auch ohne diese Fähigkeit klar kommst."

Darauf erklärte Talis, nachdem sich beide ans Lagerfeuer gesetzt hatten, seine Geschichte. So verging die Zeit und Talis erklärte zum Schluss betrübt: „Ich will kein Krieger werden, um Ruhm zu erlangen. Ich will nicht anderen nur Leid zufügen, weil ich es kann. Das einzige, was ich will, ist, meine Liebsten zu rächen und diesen Fremden zu besiegen, damit keinem anderen mehr durch seine Hand dasselbe Leid widerfährt, wie es mir widerfahren ist." Kjartan reichte den Jungen seine Hand.

„Ich werde dich die Kunst des Kämpfens lehren, damit du deinen Schwur erfüllen kannst." So blieb Talis bei Kjartan und wurde sein Schüler.

Einige Zeit verging und Talis war schon mehrere Wochen bei Kjartan. In der Zeit unternahmen sie Märsche durch das Moor um Talis' Aufmerksamkeit zu stärken, sein Auge für die Details zu schärfen. Sie fällten Bäume und Kjartan zeigte ihm, wie er Speere und Holzäxte bauen konnte, worauf Talis Kjartan zeigte, wie man Fallen für Schädlinge wie Ratten und schmackhafte Hasen bauen konnte. Sie trainierten fast jeden Tag den Kampf mit dem Speer und der Axt. So wurde Talis geschickter, was man nicht nur an seinen Fertigkeiten sah, sondern auch an den Veränderungen seines Körpers. Der ehemals schlanke, aber athletische Junge bekam nun stärkere Muskeln.

Die Zeit verging und Talis wurde ein passabler Kämpfer. Eines Tages ging er durch das Moor, um seine Käfigfallen zu inspizieren, als er in einer ein zischendes Wimmern hörte. Er kam der Falle näher und erblickte in dieser die Schlange Armin. Armins Augen weiteten sich vor Schreck, als er Talis erblickte und er rollte sich ein.

„Du? Aber wie? Du solltest doch tot sein."

„Wie meinst du das?" Talis starrte die Schlange an. Dann begriff er. „Du verräterische Schlange! Du wolltest mich töten? Wusstest du, das Kjartan Fremde einfach angreift?"

„Nein, nein, nein", zischelte Armin nervös. „Ich habe das nicht gewusst. Lass mich frei."

„Du lügst Armin. Sag mir die Wahrheit, dann werde ich dich frei lassen. Du wolltest mich töten." Die Schlange wand sich in der Falle und hob schließlich den Kopf und erklärte leise: „Du hast Recht. Ich wusste es. Ich habe dich zu ihm gelockt. Ich dachte, er würde dich umbringen, da er dich für einen Dieb halten würde. Ich wäre dann hierher gekommen und hätte mich an dir satt gefressen. Aber jetzt bin ich hier gefangen und du lebst. Was wirst du nun tun?"

Talis starrte Armin eine kurze Zeit an und öffnete dann zur Überraschung der Schlange die Falle. Sie kroch heraus und schaute ungläubig den Jungen an. „Du lässt mich gehen, obwohl ich dich beinahe dem Tod übergeben hätte? Warum?"

„Weil du mir die Wahrheit gesagt hast und ich mein Versprechen immer halte. Du hattest Hunger und ich verzeihe dir. Geh fort und nutze diese Chance."

Armin wollte gerade fort, als er inne hielt, sich noch einmal zu dem gnädigen Jungen umdrehte und ihm in die Augen schaute. Obwohl Armin ihn verraten hatte und dieser Junge unsägliches Leid erfahren hatte, so waren doch Güte, Wärme und Entschlossenheit noch in ihm. Armin kroch zu Talis hin und sprach: „Oh gütiger Junge, ich will dir meinen Dank aussprechen und dir zwei Geschenke machen. Als erstes reiche mir deinen Trinkbeutel." Talis reichte ihn den offenen Beutel. die Schlange ließ ihre Giftzähne hervorschnellen und spritzte ihr Gift in den Beutel. Der Junge nahm das erste Geschenk an und Armin erklärte weiter: „Dies kannst du sicher gebrauchen, nutze es klug. Als zweites werde ich dir verraten, wer der Mörder deiner Familie ist und wo du ihn finden kannst. Sein Name ist Hakon, er ist ein Plünderer, welcher andere ihrer Kostbarkeiten und Werke ihrer Arbeit beraubt. Er haust in einer Höhle gegen Norden am Berg Uhoefa. Viel Glück nun, junger Talis."

Talis bedankte sich und Armin kroch davon. Sofort begab sich der Junge zurück ins Lager zu Kjartan, welcher gerade einen gebratenen Vogel aß. Talis ging zu ihm und erklärte: „Ich weiß wer und wo der Mörder meiner Familie ist. Ich muss gehen, Kjartan. Ich muss meinen Schwur erfüllen."

Kjartan schaute Talis an und sagte zufrieden: „Du bist bereit, Talis. Ich habe dir alles beigebracht, was ich weiß, und nun bist du bereit, wenn auch nicht vollkommen. Vergiss nie, was du gelernt hast, und dass es immer noch verbessert werden kann. Halte an deinem Ich fest, Talis. Du warst ein guter Schüler."

„Ich danke dir, ich danke dir für deine Lehren." Er verneigte sich.

„Ich wünsche dir viel Glück, Talis." Er reichte dem Jungen einen Speer, eine Axt und einen Beutel mit mehreren Stücken Fleisch eines Vogels. Talis und sein ehemaliger Lehrmeister gaben sich die Hand, und Talis verließ die Carr in Richtung Norden. Den Blick zum Horizont gerichtet, in dessen Ferne ein finsterer Berg emporragte.

Talis verließ das Moor und kam zu steilen Hügelketten, welche ihn mit jedem Schritt zum immer größer werdenden

Berg führten. Nach einiger Zeit kam Nebel auf, die Sicht wurde schlechter. Da war er bereits kurz vor dem Berg. Er bewegte sich vorsichtig durch die dichte weiße Nebelwand und bahnte sich seinen Weg zum Ende der Hügel. Vom letzten Hügel aus sah er schemenhaft einen dunkel aufragenden Berg. Es war der Berg Uhoefa. Er warf riesige Schatten auf das Land und sorgte für ein Gefühl der Kälte, der Gefahr und der Angst. Unterdessen lichtete sich der Nebel, doch dafür fing es an zu schneien und es begann zu dunkeln.

Talis sah zum Fuße des Berges hinab und erhaschte einen leicht verschwommenen Höhleneingang, aus welchem etwas Licht fiel. Um ihn herum standen dunkle Tannen und es ragten mehrere Felsen empor. Es wirkte so, als blickte Talis in das Maul einer Bestie. Er fokussierte den Blick und sah nun zwei vierbeinige Gestalten um den Eingang umherschleichen. Der Junge ging langsam den Hügel herab und verbarg sich in den Schatten der Bäume, als er näher trat. Darauf erkannte er aus seinem Versteck zwei Wölfe, dieselben Wölfe, mit denen der Fremde sein Dorf nach dem Blutbad, welches sie angerichtet hatten, verlassen hatte. Er streckte eine Hand hervor und spürte den kalten Wind, welcher zu seinen Gunsten vom Berg auf ihn zu wehte. Er wusste nun, dass ihn die Wölfe nicht wittern würden, und wollte gerade seinen Speer werfen, als er innehielt und nachdachte. „Wenn ich sie angreife, so würden sie heulen und Hakon alarmieren. Ohnehin könnte ich nur einen von ihnen mit dem Speer erledigen", sagte er zu sich selber. Da fiel ihm ein, dass er noch das Fleisch und das Gift von Armin hatte. Talis öffnete den Beutel und träufelt das Gift auf das Fleisch. Er warf es den Tieren hin, welche vor Schreck kurz zurückwichen. Dann witterten sie und der größere der beiden Bestien lief zum Fleisch und aß davon. Talis dachte es hätte, geklappt und beide würden das Gift zu sich nehmen, doch da verscheuchte der große Wolf den kleineren, als dieser von den Fleisch essen wollte. Der große verschlang alles und fiel nach einem kurzen Moment reglos um, woraufhin der zweite zurückwich. Talis musste schnell reagieren, er nahm seinen Speer und zielte auf den verbliebenen Wolf. Er atmete ruhig und hielt beide Augen auf sein Ziel und warf schließlich. Die Zeit wurde langsamer, der Speer flog auf sein Ziel zu und Talis traf das Tier in den Bauch. Es fiel um, heulte kurz auf und verstummte danach. Talis hatte es geschafft, er hatte ihn getroffen, doch konnte das Tier noch einen Laut von sich geben. Schritte erklangen in der Höhle.

Kurz darauf trat aus dem Schein der Höhle eine dunkle Gestalt hervor. Als sie aus dem Eingang trat, sah Talis Hakon. Der Mörder seiner Familie hatte schwarzes Haar und schwarze Augen. Er trug den gleichen Wolfspelz wie damals in jener Nacht, in der Talis sein Dorf in Flammen vorfand. Hakon hielt in seinen Händen eine Axt und ein Kurzschwert und um seinen Bauch trug er einen Gürtel, in dem ein Dolch steckte.

Sein Blick wurde rasend, als er seine toten Tiere am Boden liegen sah. Nun fasste Talis all seine Kraft und seinen Mut zusammen und trat aus den Schatten des Baumes hervor. Der Junge, welcher einst voll Trauer und Konflikt mit sich selbst war, war nun voller Entschlossenheit. Hakon blickte in die Augen des Jungen und der Mörder sah in diesen einen brennenden Willen. Der Mann knurrte laut und warf seine Axt nach dem Jungen. Talis wich der nahenden Waffe geschickt aus und rannte nun mit erhobener Axt auf ihn zu. Talis rannte schneller und schneller und als er bei dem Mann ankam, schlug er mit geballter Kraft auf ihn ein. Der Mörder blockte den Hieb mit seinem Schwert ab und stieß Talis zurück, doch dieser setzte zu neuen Schlägen an, so dass Hakon es schwer hatte, sie zu parieren. Doch der Mann war kräftiger als Talis und drängte nun mit eigener Kraft den Jungen zurück, bis Talis zurückwich. Nun hob der Mann sein Schwert und preschte mit einer solchen Wucht auf Talis zu, dass er zu Boden fiel, direkt neben den Wolf, in dem sein Speer steckte. Hakon baute sich nun zu voller Größe auf und hob sein Schwert über sich. Da griff Talis nach dem Speer, zog ihn hinaus und stach mit diesen in das Bein des bestialischen Mannes. Dieser schrie auf und taumelte zurück. Sein Mund schäumte vor Wut, als er versuchte, zu Talis zu gelangen. Talis stand in der Zeit auf und hob seine Axt vor auf. Der Mann humpelte nun auf ihn zu und schlug nach dem Jungen, dieser stieß das Schwert mit seiner Axt zur Seite und vergrub sie in die Brust seines Feindes. Der

Mörder seiner Familie taumelte rückwärts und brach nach wenigen Schritten zusammen. Er blieb reglos liegen. Talis hatte seine Rache und damit seinen Schwur erfüllt.

Zufrieden stand Talis jetzt bei seinem gefallenen Gegner und schaute zum Himmel, als ein jäher Schmerz seinen Unterleib durchlief. Seine Augen blickten herab und er sah einen Dolch, welcher sich tief in seinen Bauch gegraben hatte. Blut quoll aus der Wunde und er spuckte Blut. Talis verlor den Halt und fiel auf den Rücken zu Boden. Seine Augen waren auf den Himmel gerichtet. Die Schatten und dunklen Wolken wurden nun gebrochen und das Licht des Mondes und der Sterne wurde freigegeben. Talis schaute in diesen sich klärenden Himmel und dachte daran, dass er seinen Schwur erfüllt hatte, für sein Dorf, für seine Familie. Darauf fielen ihm die Augen zu und Dunkelheit umfing ihn.

Die Dunkelheit und Kälte, ja, sie würde ihn nun holen, doch es war nicht kalt. Talis befand sich in einem Gefühl der Wärme und Geborgenheit, und die Dunkelheit um ihn herum wurde durch einen grellen Lichtschein ersetzt.

Seine Augen blickten durch dies alles und er sah sich in einer prächtig leuchtenden Halle. Das Dach der Halle bestand aus Schilden und unter diesen dienten Speere als Sparren. Die Halle war von goldenem Schimmer beleuchtet und es stand eine große Tafel darin, an der viele Männer, welche wie Krieger aussahen, die feinsten Speisen aßen. Vor der Tafel kämpften mehrere Männer im Wettstreit mit

Freude gegeneinander und auf einem Thron saß ein Mann, welcher in Rüstung da saß und den Kämpfern zusah. Er hatte nur ein Auge und an seiner Seite waren zwei Raben. Talis schaute durch den Raum und sah an der Tafel eine ihm bekannte Person, er sah seinen Vater Hjalmarr beim Speisen.

Talis ging durch die hell erleuchtete und volle Halle und setzte sich neben seinen Vater auf einen Stuhl. Dieser sah seinen Sohn an und Talis fragte: „Wo sind wir Vater?"

„Du bist in Walhalla, mein Sohn. Dort oben sitzt Odin der Göttervater auf Hildskialf, seinem Thron. Du wurdest auserwählt, hier sitzen zu dürfen. Du hast unser Dorf und deine Familie gerächt, mein Sohn. Ich bin stolz auf dich, nun bist du endlich zu einem wahren Krieger und Mann geworden, mein Sohn." Hjalmarr blickte seinen Sohn glücklich an.

Doch Talis Freude über den Stolz seines Vaters wich schnell wieder, als er sich umsah und seine Mutter sowie seinen kleinen Bruder Thore nicht sah. Er fragte seinen Vater stockend: „Wo... ist der Rest unserer Familie, wo... ist Mutter und wo ist Thore?" Hjalmarrs Miene wurde von Bedrücktheit umspielt. „Mein Sohn, nur Krieger kommen nach Walhalla, welche im Kampf gefallen sind. Die Anderen, die welche durch Krankheit, Alter und Mord starben, jene kommen nach Helheim. Es tut mir leid, Talis. Als Talis dies hörte, war er geschockt, er wollte seinen Bruder wiedersehen, und wenn er schon sterben musste, so wollte er doch bei ihm sein. Thore sollte nicht alleine sein ohne ihn. So nahm Talis all seine Kräfte zusammen und konzentrierte sich. Er mobilisierte all die verbleibenden Kräfte und konzentrierte sie auf den Willen, den Tod hinauszuzögern und zurück in das Reich der Lebenden zu gelangen. So verschwamm die festliche Halle Walhalla wieder und auch sein Vater verschwamm, und er öffnete die Augen, dort wo er sie geschlossen hatte. Talis lag noch immer im Schatten des Berges mit blutender Wunde und blickte in die klare Nacht, während Schnee auf sein Gesicht fiel und er ein Zischen vernahm.

Freudig blickte sich Talis um und sah Armin auf ihn zu gleiten. Die Schlange hob die Stimme: „Ich habe dich beobachtet. Meinen Glückwunsch zu deiner Rache, Talis." „Armin ich bitte dich um einen Gefallen. Du musst mich töten, bevor ich hier durch die Kampfwunde sterbe und nach Walhalla zurückkehre. Bitte, ich will bei meiner Familie und vor allem bei meinem kleinen Bruder Thore sein."

Armin schaute Talis verblüfft an. „Willst du das wirklich?"

„Ich liege ja doch im Sterben. Bitte, ich muss zu ihm. Er sollte nicht allein sein. Ich bitte dich, bei allen Göttern."

Armin schaute Talis einen Moment lang an und nickte schließlich: „So sei es."

Seine Zähne blitzten schnell vor und trafen den Hals des Jungens. Talis bedankte sich bei Armin und blickte nun in die Sternennacht und lächelte, während sich seine Augen langsam schlossen und ihn die endgültige Dunkelheit umfing.

Pia Schnürer – Der Mann aus der Natur

Ein Donner riss ihn aus seinen Träumen. Eine ungewöhnliche Sache, normalerweise war er derjenige, den gerade Unwetter nicht aus der Ruhe brachten. Doch es war auch nicht das Gewitter draußen, das ihm den Schlaf raubte, sondern die Unruhe in ihm selbst. Da war diese undefinierbare Leere, dieser unbändige Wunsch. Der Wunsch etwas Neues zu sehen. Er legte sich wieder ins Bett und dachte darüber nach, was die Leere füllen könnte.

Ein Donner riss sie aus dem Schlaf. Sie schaute durch ihr Fenster auf die von zahllosen Lichtern erhellte Skyline der riesigen Metropole. Der drängende Wunsch nach Freiheit brach in ihr aus, doch sie wusste nicht so richtig, wo sie diese Freiheit finden konnte. War es die für sie fast vergessene Natur, in die sie zurück wollte? Nach und nach kamen die Erinnerungen zurück, sie prasselten auf sie ein, wie die Regentropfen des Sturms auf die Fensterscheibe.

Die Erinnerungen an ihre Kindheit, an die Natur, das Grün, welches sich unendlich weit erstreckte, tauchten auf. Keine Häuser, Läden, geschweige denn Autos oder Flugzeuge waren irgendwo zu entdecken. Jeder sorgte für sich selbst und seine Familie, man lebte in einfachen Hütten und war der Natur nah. Sie war keine alte Frau und doch hatte sie genau diesen Wandel miterlebt. Wälder wurden zerstört, Städte errichtet, Massen an Lebensmitteln hergestellt,

Elektrizität, Internet und neuartige Transportmittel erfunden. Die Population wuchs extrem schnell und die Leute siedelten sich in Städten an. In nicht weniger als 20 Jahren hatte sich das Paradies in eine urbane Welt verwandelt.

Sie legte sich wieder ins Bett, lauschte den Sirenen eines vorbeifahrenden Krankenwagens und schlief schließlich betäubt von den Klängen der Stadt wieder ein.

Beim Ernten seiner letzten Blaubeeren kam ihm die Idee. Es packte ihn von einem auf den anderen Moment. Er war sich seiner Sache sicher. Er musste in die Stadt. Vor ein paar Wochen hatte er gehört, dass nicht unweit von seiner Hütte und des Waldes nordöstlich eine Stadt lag. Er hatte nicht wirklich eine Ahnung, was ihn erwartete oder was eine Stadt wirklich war. Doch er wusste, dass er genau dahin musste. Binnen kurzer Zeit hatte er einige Sachen zusammengepackt. Er holte einen kleinen Rucksack unter seinem Bett hervor. Sonst nutzte er ihn zur Jagd, doch jetzt musste dieser seine wenigen Dinge auf dem langen Weg für ihn tragen. Er packte ein Leinenhemd ein, etwas Proviant für die Reise, eines seiner Messer und eine alte Flasche, die er einmal gefunden hatte.

Er setzte sich auf das Bett in der kleinen Hütte und betrachtete den Bergkristall in seiner Hand. Seine Mutter hatte ihm diesen kurz vor ihrem Tod gegeben. In der Mitte des durchsichtigen Steines befand sich ein kaum erkennbarer Baum. Dieses Ding trug Leben in sich, da war er sich ganz sicher. Manchmal hat er sogar das Gefühl, das es sein Leben war, welches dort drinsteckte. Wenn es ihm nicht gut ging, dann verlor der Baum an Farbe, doch hatte er gute Laune und war ausgeglichen, so strahlten die Blätter des Baumes in einem kräftigen Grün.

Schnell verstaute er den Stein in seiner Hosentasche und lief los.

Der Gedanke an ihre Kindheit ließ sie nicht mehr los. Schon seit Tagen zog das Leben wie ein Film an ihr vorüber. Sie wusste nicht, wofür sie das alles tat. Jeden Morgen stand sie früh auf, um dann den ganzen Tag im Büro zu sitzen und eine Arbeit auszuführen, in der sie keine Erfüllung fand. Das tägliche Zubereiten von Lebensmitteln, die am Ende geschmacklos waren, und das ständige Führen von Konversationen ohne Inhalt.

Nur noch die Vergangenheit in der Natur weckte ihre Aufmerksamkeit, jedoch war sie mit dieser Neugier allein. Niemand wollte sich daran erinnern, wie die Welt einmal war, geschweige denn darüber reden. Dieses Thema ist war ausgelöscht in den Köpfen der Menschen. Sie fühlt sich wie eine Verrückte, die ihre Sinne verloren hatte.

Schnell nahm sie die dünne Jacke vom Haken ihrer Garderobe und hastete zur U-Bahn. Sie hatte sich so in ihre Gedanken vertieft, dass sie fast zur spät zur Arbeit gekommen wäre. Das aber durfte nicht passieren, denn sie wollte pünktlich Feierabend machen. Ein paar Tage zuvor hatte sie in ihrem Lieblingscafé einen kleinen Flyer entdeckt. Er trug nicht das offizielle Logo der Stadt. Mit Sicherheit war er nicht auf legalem Weg hierher gelangt. Schon als sie den Baum auf der Vorderseite gesehen hatte, hatte ihr Herz schneller geschlagen. Es war kaum zu glauben: In dem Flyer wurde für einen kleinen Park außerhalb der Stadt geworben. Eigentlich gab es keine Grünflächen mehr, doch diese Parkanlage wurde auf alten Schienen errichtet. Es war der perfekte Ort für einen Park, der nicht entdeckt werden sollte. Sie wusste direkt, dass sie dort so schnell wie möglich hin musste.

Die Stadt war nicht mehr weit, er konnte es spüren. Ein unbekannter strenger Geruch setzte sich in seine Nase. Er hatte das Gefühl, dass der starke Geruch ihm kleine Löcher in die Nasenflügel brannte. Er war in den letzten Tagen viel gelaufen und hatte sich nur selten eine Pause gegönnt. Ein Stück seines Weges hatte er sogar in einem schnellen Gefährt hinter sich gebracht. Die Menschen nannten es Auto, er hatte so etwas zum ersten Mal gesehen. Genauso wie die vielen seltsamen Gegenstände, die überall verteilt am Wegesrand lagen. Es waren Tüten aus einem eigenartig dünnen Material und bunt bedruckte runde Behälter. Wenn man auf sie trat, dann verformten sie sich in der Mitte und blieben manchmal am Schuh hängen. Etwas war eigenartig an diesen Dingen: Je mehr davon herumlagen, desto schlechter fühlte er sich. Es fühlte sich an, als ob ihn immer wieder jemand kneifen würde. Er dachte sich nichts dabei und schob es auf die Nervosität.

Seine Beine wurden allmählich schwer und er überlegte eine Pause einzulegen, doch er lief weiter und weiter. Dieser starke Drang in ihm, endlich die Stadt zu erreichen, ließ keinen Stopp zu. Erst als er nach vielen weiteren Kilometern ein sehr schmales hohes Gebäude mit der Aufschrift „Motel" entdeckte, hielt er an. Die nette Dame, die ihn ein Stück in diesem Auto mitgenommen hatte, hatte ihm gesagt, dass er, wenn er ein Haus mit solch einer Aufschrift entdeckte, dort nach einem Zimmer fragen sollte. Die alte Dame hatte ihn ausdrücklich davor gewarnt, in der Stadt eine Nacht unter freiem Himmel zu verbringen. Das sei gefährlich und für jemanden wie ihn wahrscheinlich tödlich. Die Frau hatte ihm gesagt, jeder würde direkt sehen, dass er ein Fremder sei und Fremde seien in diesen Gegenden selten gern gesehen.

Er betrat das Haus und fand sich wenig später in einem kleinen Zimmer wieder mit Ausblick auf eine Art Blumenwiese. Diese lag jedoch komischer Weise über dem Boden. Plötzlich konnte er vor Erschöpfung kaum noch stehen, er legte sich ins Bett und schlief sofort ein. Doch lange würde er nicht schlafen können, er wollte raus, die Stadt sehen und auch diese Wiese in Augenschein nehmen.

Der ganze Arbeitstag hatte sich unendlich in die Länge gezogen, doch der Gedanke an all die verschiedenen Pflanzen und der Geruch von Rosen trieb sie weiter an.

Sobald die Uhr vier Uhr zeigte, stand sie auf und verließ so schnell wie möglich das Büro, die Stadt und die Massen von Menschen. Nach einiger Zeit erreichte sie den Park auf den Eisenbahnschienen. Es war überhaupt kein Problem die Treppe zu finden, die sie in dieses Paradies aus Pflanzen, kleinen Wegen und den gemütlichen Bänken führte. Es war wie ein innerer Instinkt, der sie hierhergeführt hatte. Jeder ihrer Sinne wollte dieses Erlebnis wahrnehmen, so beugte sie sich zu dem Rosenstrauch rechts neben ihr und atmete tief durch ihre Nase ein. Unvermittelt sprach sie ein Mann an. Sie erschrak so heftig, dass sie beinahe ihm einen Kinnhaken verpasst hätte. „Wie bitte?" antwortete sie stattdessen. „Eine Alba Maxima". Sie war zu keiner Reaktion fähig. Sie konnte ihn einfach nur noch ansehen. In ihm erkannte sie ihre Kindheit wieder. Wie in einem Film vor ihrem inneren Auge zeigten sich Szenen der Natur, von Wäldern, Seen und weiten Wiesen. Es war, als wäre sie wieder dort. Sie stolperte ein paar Schritte zurück. „Es tut mir leid. Ich wollte Sie nicht erschrecken. Ist alles okay bei Ihnen?" Der Mann blickte sie besorgt an. „Ja... Ja, alles gut. Es tut mir leid, ich war gerade so in Gedanken vertieft", erklärte sie hastig und betrachtete ihr Gegenüber noch einmal eingehender. Er schien nicht von hier zu stammen. Seine Kleidung war sonderbar, aber ihr nicht fremd. Sie kannte diese Art von Hemd und diese Hosen aus festem und grobem Stoff. Sie wollte nicht unfreundlich erscheinen, doch sie konnte nicht anders, sie musste ihn einfach fragen –

fürchtete sich schon jetzt vor seiner Antwort. Eine Antwort, die ihr geregeltes Leben vielleicht völlig aus dem Gleichgewicht bringen könnte.

„Kommen Sie... aus der Natur?"

Diese Frau war sonderbar, sie war so ordentlich und in feine zarte Stoffe gekleidet, auf eine Art und Weise, wie er es noch nie gesehen hatte. Nicht nur das, sie starrte ihn ganz fasziniert an. Doch irgendetwas hatte sich ihn ihm verändert, in dem Augenblick, in dem sie ihm in die Augen blickte.

„Ja, ich denke schon. Ist das hier ein Vergehen?" Die Frau lachte auf. „Nein, die Menschen hier wissen nur nicht mehr, was die Natur ist, sie haben es vergessen. Sie werden Sie einfach bloß für eine sonderbare Erscheinung halten. Doch Sie haben mir gerade die Erinnerung an die Natur zurückgeschenkt." Das verstand er nicht ganz. Wie konnten die Menschen die Natur vergessen? Und wie konnte er Erinnerungen schenken? Er bat die Frau ihre Worte näher zu erläutern. So setzten sie sich gemeinsam auf eine Bank, und sie erzählte ihm von den Städten, der Zerstörung der Wälder und der neu gegründeten Konsumgesellschaft. Auch erklärte sie, dass sich auf unerklärliche Weise die Menschen nicht mehr an die Landschaften erinnern konnten, die nicht wie Städte aussahen. Sie lebten hier, arbeiteten hier und starben auch irgendwann in der Stadt. „Niemand würde je auf die Idee kommen, die Stadtmauern zu überqueren und in die Wildnis zu fahren. Es wurden nur hin und wieder Menschen dort hingebracht, die sich gegen die Regierung oder gegen große Firmen stellten." Er sagte nichts. Aber sein Blick sagte ihr, dass sie weitermachen sollte. Also berichtete sie ihm, dass die Leute in den Städten einfach ihren strikten Tagesabläufen folgten und nichts hinterfragten. Zur Belohnung erhielten sie jeden Luxus, den man sich nur vorstellen konnte. Genug Unterhaltung, immer einen vollen Kühlschrank und eine Wohnung, ganz so eingerichtet, wie man es sich wünschte. Man brauchte sich um nichts zu sorgen, wenn man einfach nur den Regeln folgte. Zudem gab es nichts mehr in der Stadt, was noch an die Natur da draußen erinnerte. Bis auf diesen Park, in dem sie sich gerade befanden. Er verstand schnell, dass sie gar nicht hätte hier sein dürfen, dass dieser Park kein legaler Ort in dieser Stadt war. Doch er begriff es nicht. Trotzdem ging er nicht näher darauf ein. Mit einem bedauernden Blick auf die Uhr erklärte sie ihm, dass sie jetzt gehen müsse.

Ein letztes Mal schaute sie in seine intensiven grünen Augen und in ihrem Kopf spielte sich wieder der Film von der Natur ab. Sie löste sich von seinem Blick und ging, ohne sich zu verabschieden. Sie hatte schon zu viel riskiert, es war schon spät und sie musste morgen wieder früh arbeiten. Später als sie wieder in ihrem Bett lag, bekam sie keinen Schlaf. Diese Augen, dieses Gespräch, diese Erinnerungen, das alles ließ sie nicht mehr klar denken – und es ging nicht nur ihr so.

Er wartete, bis die Sonne wieder auf der gleichen Höhe stand wie gestern und verließ dann rasch das Zimmer, um zu dem Park – so hatte die Frau diesen Ort genannt – zu gehen. Dort setzte er sich auf dieselbe Bank wie am Tag zuvor und hoffte, dass die Frau wieder erscheinen würde. Er hatte noch so viele Fragen und konnte diese nicht unbeantwortet lassen. Die Sonne stand tief und war kurz davor unterzugehen, er hatte schon eine lange Zeit auf der Bank gesessen, doch sie war nicht gekommen. Enttäuscht machte er sich auf den Rückweg, als ihn jemand rief. Er blieb stehen und sah sie gerade die Treppe hochkommen.

Sie hatte sich eigentlich schon genug in Gefahr gebracht, doch sie musste wieder zurück in den Park. Er wird da sein, in diesem Punkt war sie sich sicher. Als sie gerade die letzte Treppenstufe erreicht hatte, sah sie den Mann aus der Natur, der zu gehen schien. „Warten Sie! Bitte!" rief sie hastig. „Ich möchte ihnen die Stadt zeigen, das Zentrum. Kommen Sie mit! Bitte!"

Er musste stehen bleiben, sich an der Wand festhalten. Die Luft fand keinen Zugang mehr zu seiner Lunge, seine Nase tat höllisch weh und dieses Gefühl, überall gekniffen zu werden, verwandelte sich in Messerstiche. Er konnte nicht mehr klar denken, sein Herz zog sich schmerzhaft zusammen, seine Beine gaben nach und er sackte zu Boden.

Was sollte sie tun? Nach dem sie die U-Bahn verlassen hatten und die Treppen zur 6th Avenue hinaufgestiegen waren, kippte er einfach um. Sie musste ihn so schnell wie möglich wieder wach bekommen, in der U-Bahn hatte er schon so viel Aufmerksamkeit erregt. Zum Glück öffnete er schnell wieder seine Augen und sie konnte ihn rasch wieder auf seine Beine ziehen. „Los, kommen Sie schnell mit! Da vorne ist ein Restaurant. Wie lange haben sie eigentlich schon nichts mehr gegessen? Sie sehen ja schrecklich aus." Ein Tisch im Loab Boathouse war zum Glück schnell gefunden. Sie bestellte für sie beide ein Mac and Cheese und eine große Flasche Wasser. Dieses Restaurant hatte mal an einem See gelegen, umgeben von einem wunderschönen Park. Dieser war am Anfang gleichzeitig mit der Stadt errichtet, doch nach kurzer Zeit wieder entfernt worden. Die Regierung hatte sich dazu entschlossen, auf der Fläche noch mehr Hochhäuser zu errichten. Mittlerweile wurde jeder freier Fleck für riesige Häuserkomplexe oder Einkaufspassagen genutzt.

Allmählich war er wieder ganz bei sich und er konnte wieder sprechen. „Mir fehlt eigentlich nichts, ich habe auch genug Essen zu mir genommen und die letzte Nacht sogar ausreichend geschlafen. Es ist die Stadt, sie fügt mir körperlich Schaden zu." Er versuchte ihr zu erklären, wieso er umgekippt war, doch es war gar nicht so leicht. Er wusste selber nicht, was wirklich mit ihm passiert war. „Der ganze Müll und die Tüten, die überall auf den Straßen herumliegen, diese schnell fahrenden Mobile, diese vielen Lichter… Es kommt mir so vor, als ob all die Dinge, die ihr hier erschaffen habt, mich zerstören. Von innen heraus… Ich konnte nicht atmen, meine Haut brannte furchtbar und mein Herz schmerzte."

Doch nicht nur körperlichen Schmerz hatte er beim Anblick der Stadt gespürt, sondern auch Trauer und Entsetzen. Er konnte nicht fassen, was die Menschen in der Stadt getan hatten und immer noch taten. Sie zerstörten das Wertvollste auf dieser Erde: die Natur. Sie beuteten die Erde aus, als ob man am nächsten Kiosk einfach so eine neue Erde kaufen könnte. Niemand sah, wie einzigartig der Planet war, auf dem sie ihre kurze Zeit verbringen durften.

Sie hatte ihm aufmerksam zugehört, doch sie verstand trotzdem nicht so ganz, was er ihr da zu beschreiben versuchte. Dieser Mann war einzigartig, das stand für sie fest, und sie hatte das dringende Bedürfnis, ihn zu beschützen, mit allen Mitteln, die ihr zur Verfügung standen – und nicht nur ihn. An diesem Abend war ihr vieles klar geworden. Sie nahm ihre Umgebung, die ganze Stadt und die Menschen mit anderen Augen wahr. Die Gesellschaft, sie mit inbegriffen, verhielt sich respektlos. Alle zusammen waren gerade dabei, ihre eigene Heimat zu zerstören. Jeder war so von der Regierung und von den Firmen beeinflusst und manipuliert, dass sie gar nicht sahen, was sie da taten. Sie lebten so in ihren Routinen und dem Konsum, dass sie blind geworden waren.

„Ich komme mit dir in dieses Motel. Ich kann nicht mehr in dieser Stadt bleiben, ich möchte mit dir weggehen. Bitte, nimm mich mit zurück in die Natur."

Mit seiner Antwort würde er ihr das Herz brechen, dass wusste er. Aber er konnte noch nicht zurück in die Wildnis, irgendetwas hielt ihn in der Stadt. Das Gefühl hier eine Aufgabe gefunden zu haben, ließ ihn nicht mehr los, auch wenn er wusste, dass ihn das umbringen würde. Doch er konnte nicht zulassen, dass diese Welt weiter zerstört würde, ohne dass die Menschen merkten, was sie taten.

„Es tut mir leid, ich kann nicht. Natürlich kannst du mit mir in das Motel kommen, das würde mich sogar sehr freuen. Aber ich kann noch nicht in die Natur zurück. Wenn es soweit ist wieder zurück zu gehen, dann werde ich dich mitnehmen. Das verspreche ich dir. Dann kann ich dir all die Wälder, Wiesen und Seen zeigen. Ich freue mich jetzt schon darauf, wenn wir schwimmen gehen, ein Lagerfeuer machen und in den klaren Nachthimmel gucken können. Doch zuerst habe ich hier noch eine Aufgabe zu erledigen."

Der Fernseher lief, sie machte ihn jeden Morgen an, nachdem sie aufgewacht war, um die Nachrichten zu verfolgen. Beide hatten in den vergangenen Tagen nicht viel getan. Immer wieder hatten sie versucht, sich mit Menschen über die Erde, die Ausbeutung und die Regierung zu unterhalten. Doch die meisten waren alle sehr misstrauisch und wollten über solche Themen nicht sprechen. So konnten sie nichts erreichen.

Während ihrer gemeinsamen Zeit jedoch lernte sie sehr viel voneinander, sie über die Natur und er über das Leben in der Stadt. Ihr gemeinsames Ziel, etwas für diesen Planeten zu tun, verband sie. Und doch blieb ihnen nicht mehr viel Zeit – das spürte sie. Jeden Tag fühlte er sich schwächer. An jedem Tag, an dem diese Erde geschädigt wurde, verlor auch er an Kraft. Sie konnte nicht mehr hilflos zusehen.

Schon vor Tagen war eine Idee gekeimt, war zu einem Plan gereift, den sie schließlich ausgearbeitet hatte: Sie mussten in das Regierungsgebäude der Stadt eindringen. Die Uniform einer Reinigungskraft und eine Arbeitskarte lagen schon auf dem Schreibtisch bereit. Es war nicht leicht gewesen, daran zu kommen, doch sie hatte es mit etwas Glück geschafft. Morgen würde sie sich mitten in der Nacht aufmachen, um eine Nachricht in die nationalen Medien einzuschleusen, eine Nachricht, die in den Köpfen der Menschen hängen bleiben würde. Danach könnten die Menschen nicht mehr weitermachen wie zuvor, und sie könnte endlich mit ihm zurück in die Natur.

Seine Schwäche nahm von Tag zu Tag zu, und es gab kein Medikament, das ihm hätte helfen können, außer einem Umdenken der Menschen. Auf unerklärliche Art und Weise war er mit der Welt verbunden, das war ihr plötzlich klar geworden. Wurde der Planet beraubt oder beschädigt werden, dann wurde auch seinem Körper Schaden zugefügt. Dieses unerklärliche Band zwischen ihm und der Natur war jedoch erst in dem Moment in Kraft getreten, als er die Grenze zur Stadt übertreten hatte.

An diesem Morgen fühlte er sich besonders unwohl. Ihm war schlecht, ihn plagte heftiger Schüttelfrost. Er hatte zur Ablenkung das Fernsehgerät eingeschaltet. In diesem Moment präsentierte die Nachrichtensprecherin die Ursache für sein Unwohlsein. Ein Öltanker war kurz vor dem Golf von Mexiko leckgeschlagen und Unmengen an Öl waren ins Meer geströmt. Die Sprecherin erwähnte es so beiläufig, als ob gerade ein Milchlaster ein bisschen Milch auf dem Highway verloren hätte.

Die Übelkeit stieg an und er rannte ins Bad. Doch was aus seinem Mund kam, war kein normales Erbrochenes, es war zähflüssig und schwarz.

Die Geräusche aus dem Bad rissen sie aus ihren Gedanken. Sie spürte, dass sich seine Situation verschlimmert hatte. Im selben Moment sah sie auch direkt die Nachricht der Umweltkatastrophe auf einem anderen Sender. Ihre Entscheidung war schnell getroffen. Sie würde jetzt direkt zum Regierungsgebäude gehen und versuchen die Nachricht zu überspielen. Nur so würden die Leute versuchen, das Meer zu säubern und das restliche Öl aus dem Tanker zu pumpen.

„Hör mir zu, mach dir keine Sorgen." Sie versuchte ihn zu beruhigen, das war das Einzige, was sie jetzt für ihn tun konnte. „Ich werde jetzt direkt die Nachricht einschleusen, ich kann nicht mehr warten. Nur so kann dir geholfen werden." Er kam aus dem Bad, er sah elend aus, seine Hände waren voll mit einer schwarzen Flüssigkeit. Sie konnte sich denken, woher diese Flüssigkeit kam.

„Warte, du kannst nicht alleine gehen, ich werde mitkommen. Ich werde für Aufmerksamkeit und Ablenkung sorgen, dann hast du mehr Zeit."

„So wie du aussiehst, werden wir schon in der U-Bahn festgenommen werden. Leg dich wieder ins Bett und warte, bis ich wieder da bin. Wenn die Nachricht in den nächsten News gesendet wird, werde ich auch schon bald wieder da sein und wir können die Stadt verlassen." Bedrückt sah er ein, dass er eher eine zusätzliche Belastung für sie war als eine wirkliche Hilfe.

„Bevor du gehst, muss ich dir noch was geben." Er zog den Stein aus seiner Hosentasche. Der Baum leuchtete nur noch matt und über den klaren Stein hatte sich ein grauer Schleier gelegt.

„Meine Mutter hatte ihn mir kurz vor ihrem Tod gegeben." Er legte ihr den Stein in die Hand und hielt sich an ihr fest. Er flüsterte ihr ins Ohr: „Sie sagte mir, dass er mein Leben bewahren würde. Doch ich möchte, dass du für immer mein Leben bei dir trägst."

„Leg dich ins Bett und schalte den Fernseher an, um sechs Uhr wird unsere Nachricht im Fernsehen erscheinen. Ich verspreche es dir."

Sie schaute ihm tief in die Augen und sah vor sich einen See, in dem sich die Mittagssonne spiegelte.

Sie war ohne Probleme in das Gebäude gelangt und hatte den Nachrichten-Raum auf Anhieb gefunden, doch der Assistent des Projektleiters war nicht wie geplant in seine Mittagspause gegangen. Sie saß schon über drei Stunden in einer Abstellkammer und wartete, dass alle endlich den Raum verlassen würden. Ihre Zeit wurde knapp, sie durfte die Nachrichten um sechs Uhr nicht verpassen, es war die einzige Möglichkeit, die Nachricht zu senden. Sie fasste einen Entschluss und verließ die Kammer. Sie rannte einfach in den Raum und versuchte den USB-Stick in einen der Computer zu stecken. Sie wusste nicht, was passieren würde, doch es war ihre letzte Chance. Aber soweit kam sie erst gar nicht. Einige Sekunden nachdem sie den Raum betreten hatte, wurde sie von einem Sicherheitsmann zu Boden geworfen. „Dich haben wir schon im ganzen Gebäude gesucht! So einfach ist es nicht, unbemerkt in das Herz der Regierung   einzudringen."
Mehr bekam sie nicht mehr mit, ihr wurde schwarz vor Augen.

Sie war weg. Er hatte niemanden mehr, der sich um ihn sorgte oder sich für ihn einsetzte. Er konnte nichts mehr tun.

Die Nachricht war nicht erschienen und auch zwei Stunden, nachdem sie wieder im Motel hätte sein sollen, war sie nicht erschienen. Er war hilflos, kraftlos. Es gab kein Aufbäumen mehr in ihm. Als er das erkannt hatte, akzeptierte er es – und gab auf. Das Letzte, was er sah, war sie, wie sie an einer Alba Maxima roch.

Das Letzte, was er dachte: „Mich gibt es nur einmal."

Und mit seinem letzten Gedanken verblasste auch die letzte Farbe auf der Erde, die letzte Wärme, und die letzten Ressourcen zum Überleben verschwanden.

Ihr Bewusstsein kam wieder. Das Erste wonach sie griff; war der Stein. Er leuchtete noch in einem schwachen Grün. Fast im selben Moment wurde er kalt und grau, so wie die Umgebung, die sie umgab. Sie wusste sofort, was passiert war. Er hatte es nicht geschafft. Er hatte aufgegeben. Die Menschen hatten ihn bezwungen. Doch niemand würde sich mehr nach ihm oder der Erde umgucken. Sie würden sich irgendeinen anderen Planeten suchen und dort leben müssen.

Dabei gab es ihn doch nur einmal, und niemand hatte seine Kostbarkeit erkannt.

Sarah Büscher – Es sind immer die Falschen

Es war Sommer. 35 Grad schon im Bahnhofsgebäude. Sie schaute nach rechts und suchte mit den Augen alles ab. Wo blieb er nur?

Endlich sah sie eine Person von links kommen, die winkend den Arm erhoben hatte und sie vorsichtig anlächelte. Na schön. Sie atmete tief durch, setzte ein eher gequältes Lächeln auf und ging auf ihn zu. Er begrüßte sie begeistert, offensichtlich glücklich, dass er seine Tochter nach drei Jahren wiedersah. Genau das Gegenteil von dem, was sie empfand. Sie fand es sehr verwirrend. Es war nicht ihre Schuld, dass er sie und Mum verlassen und sich seitdem nicht mehr gemeldet hatte. Bis vor drei Wochen. Das Telefon hatte plötzlich geklingelt und er hatte sie ganz unerwartet zu sich eingeladen. In sein Haus. Zu seiner Familie. Was dachte er denn? Dass alles so sei wie damals? Er kannte sie doch gar nicht mehr. Sie hatte sich verändert. Sie war nicht mehr das kleine 13-jährige Mädchen, welches sie früher gewesen war.

Nachdem sie ihn also zurückhaltend, aber wohlwollend begrüßt hatte, verließen sie den Bahnhof. Sie fuhren mit dem Auto und hielten schließlich vor einem schönen Haus mit großem Garten. Offensichtlich wusste er nicht, was er zu ihr sagen sollte, und führte sie deshalb wortlos zur Tür.

Er schloss auf und bat sie hinein. Plötzlich war sie nervös. Schließlich sollte sie jetzt drei Wochen hier verbringen, bei für sie völlig fremden Menschen. Sie setzte ein Lächeln auf, um einen möglichst guten Eindruck zu hinterlassen. Er führte sie ins Wohnzimmer, wo sich schon die ganze Familie versammelt hatte. Sie trat ein und stand schlagartig im Mittelpunkt. Ihr stand eine freundlich lächelnde Frau gegenüber und auf der Couch saßen wohl ihre neuen Stiefgeschwister.

Der eine Junge sah sie freundlich an, er war so um die 13, und der andere musste wohl um die 19 Jahre alt sein. Er musterte sie abweisend. Er wirkte nicht sonderlich erfreut über die gesamte Situation und machte sich noch nicht einmal die Mühe, freundlich zu wirken.

Ihr Vater stellte sie vor, unnötig wie sie fand, schließlich wussten doch alle wer sie war. Sie fand das alles einfach nur verwirrend und sie fühlte sich hier fehl am Platz. Dies war die Familie ihres Vaters. Nicht ihre.

Das war jetzt fünf Monate her.

Und wieder betritt sie das Haus der Familie ihres Vaters. Doch es ist nicht so wie beim ersten Mal. Denn inzwischen sind diese Menschen keine Fremden mehr für sie und auch das Verhältnis zu ihrem Vater hat sich deutlich verbessert. Sie kommt mehrmals im Monat vorbei und versteht sich sehr gut mit allen. Doch der wichtigste Grund dafür, dass sie jetzt so oft zu Besuch kommt, weiß keiner, keiner außer ihrem

Stiefbruder, keiner außer Taylor. Von seiner anfangs abweisenden und grimmigen Art ist inzwischen nichts mehr zu sehen. Und den Grund dafür hatte er ihr letzten Monat gestanden. Sie war so glücklich darüber, denn ihr ging es genauso. Doch was sollte daraus werden? Durch die Heirat ihres Vaters waren sie Stiefgeschwister. Wer verliebt sich denn in seinen eigenen Stiefbruder?

Also versteckten sie es. Zeigten es nur, wenn sie unter sich waren.

Doch heute ist es so weit. Sich verstecken zu müssen, ist schrecklich, weshalb sie heute ehrlich sein und sich ihrer Familie anvertrauen wollen. Sie werden es verstehen. Die Familie steht doch schließlich immer hinter einem, hält zusammen. Blut ist dicker als Wasser. Das sagt man doch?

Diesmal betritt sie also nicht alleine das Wohnzimmer, sondern an der Seite ihres Stiefbruders. Voller Hoffnung auf Verständnis.

Doch diese ist keine fünf Minuten später zerstört.

Ihr Vater springt auf, brüllt und verpasst Taylor eine Ohrfeige. Taylors Mutter sitzt nur reglos da, teilnahmslos, als gehe sie das alles nichts an. Als sei sie nicht in der Lage, das soeben Offenbarte zu verstehen.

Es ist schiefgegangen. Und zwar so richtig. Sie verstehen sie nicht. Sie hat ihren Vater noch nie so außer sich gesehen.

Und es wurde nicht besser. Niemand verstand es. Weder ihre Familie, noch ihre Freunde, noch alle anderen. Alle verurteilten sie, Stiefgeschwister, die ein Paar seien wollten, und das war so schwer. Und anstatt dass sie und Taylor zusammenhielten, entfremdeten sie sich. Die Verurteilungen von allen Seiten taten so weh und sie fingen selber an zu zweifeln, begannen sich selbst zu verurteilen. Schließlich war es irgendwann so weit. Taylor sagte ihr, er könne das alles nicht mehr. Er verließ die Stadt, brach den Kontakt ab und seitdem hatte sie nichts mehr von ihm gehört.

Solveig Treinies – Weiße Chrysanthemen

Es war ein Tag wie jeder andere in Westminster, London. Nicht besonders heiß und bedeckt. Trotzdem hatten sich Finn und Lily dazu entschlossen, den Tag im Hyde Park zu verbringen. Alles schien wie immer. Sie gingen zu ihrem gewöhnlichen Platz, der kleinen Bank, die relativ versteckt hinter ein paar Bäumen stand, und ließen sich dort nieder.

Dann begannen sie, sich über die Erlebnisse der letzten Tage auszutauschen. Und er betrachtete sie, während sie erzählte. Sein Blick ruhte auf ihrer ungewöhnlich hellen Haut, die weiß wie Marmor war. So hatte er sie kennen gelernt.

Sie hatten sich länger nicht gesehen, da Lily mit ihrer Mutter einen Kurztrip nach Greenwich unternommen hatte. Jetzt erzählte sie Finn begeistert von dem Besuch des Royal Observatory und der Besichtigung der Cutty Sark. Was sie ihm jedoch verschwieg, waren ihre ständigen Hustenanfälle, die sie in letzter Zeit plagten.

Angefangen hatten diese während des Kurztrips und zu ihrer Beunruhigung waren diese Anfälle oftmals mit dem Husten von Blut verbunden. Sie wollte ihr Wiedersehen mit Finn aber nicht kaputt machen und außerdem fand sie, dass er sich immer viel zu schnell Sorgen machte. Also fuhr sie mit ihren Erzählungen fort, ohne etwas davon zu erwähnen. Die Stunden verstrichen und es wurde bereits dunkel, als die beiden den Hyde Park wieder verließen. Finn brachte Lily noch bis vor ihre Haustür und verabschiedete sich dann mit einem Kuss von ihr.

Lily stieg die Treppen zur Haustür hinauf und betrat das Haus. Plötzlich überkam sie erneut ein Hustenanfall, diesmal so stark, dass sie zu Boden sank. Sie bekam schlecht Luft und verlor kurzzeitig ihr Bewusstsein.

Ihre Mutter kniete neben ihr, als sie wieder zu sich kam. Ihr Gesicht war weiß wie die Wand. „Wir fahren jetzt sofort mit dir ins Krankenhaus", sagte sie, und 20 Minuten später saß Lily mit ihren Eltern in der Notaufnahme. Sie warteten eine endlose Stunde. Endlich kam der Arzt. Lily erzählte ihm, was passiert war und auch, dass es nicht der erste Hustenanfall dieser Art gewesen war. Der Arzt hörte sich alles an und machte danach einige Untersuchungen, um sich ein erstes Bild des Gesundheitszustandes von Lily zu verschaffen.

Kurze Zeit später teilte er Lily und ihren Eltern mit, dass ein Verdacht auf Lungenkrebs bestehen würde. Lily saß schweigend auf ihrem Stuhl. Sie wusste nicht, was sie denken oder sagen sollte. Eine Träne lief ihr die Wange hinunter. Sie fühlte tief in sich hinein, aber da war nichts, nur eine gähnende Leere.

In den nächsten Tagen folgten weitere Untersuchungen. Ihre Lunge wurde geröntgt und eine Computertomografie durchgeführt. Tatsächlich fanden die Ärzte einen Tumor in ihrer Lunge, der sich bereits in einem fortgeschrittenen

Stadium befand und große Teile ihres Lungengewebes eingenommen hatte. Lilys körperlicher, aber vor allem auch geistiger Zustand verschlechterte sich in diesen Tagen enorm.

Und Finn hatte sie immer noch nichts von ihrem gegenwärtigen Zustand erzählt. Er glaubte, sie läge zu Hause mit einer so stark ansteckenden Magen-Darm-Infektion, dass er sie frühestens in zwei Wochen wieder besuchen könne. Lily wollte ihm das Leid, dass sie und ihre Eltern im Moment fühlten, nicht antun. Zudem hatte sich herausgestellt, dass Lilys Krebs nur noch durch eine aufwändige und teure Therapie bekämpft werden konnte. Andernfalls würde sie innerhalb kürzester Zeit sterben. Ihre Eltern hatten aber nicht genug Geld, um sich eine derartig teure Therapie für ihre Tochter leisten zu können. Das wusste Lily, sie hatten versucht, einen Kredit von der Bank zu erhalten, aber man hatte ihn verwehrt.

Sie wusste, sie würde sterben. Auch wenn ihre Eltern alles in ihrer Macht Stehende tun würden, musste sie sterben.

Und so kam es. Lily starb zwei Wochen später.

Finn erfuhr es einen Tag später von Lilys Eltern. Er war zutiefst erschüttert. Warum hatten sie ihm nichts gesagt? Warum hatte *sie* ihm nichts gesagt? Sie hatte ihn die ganze Zeit angelogen. Kein einziges Wort hatte sie ihm gegenüber erwähnt. Immer wenn er sie sehen wollte, hatte sie Ausreden erfunden. Sie sei stark ansteckend erkrankt oder sie hätte aus irgendwelchen anderen Gründen keine Zeit. Und er hatte ihr geglaubt. Warum hatte er nicht nachgehakt? Und jetzt war sie tot. Wie konnte sie ihm das die ganze Zeit verschweigen?

Lilys Eltern hatten ihm erklärt, dass es ihr Wunsch gewesen sei, über die Krankheit Stillschweigen zu bewahren. Sie versicherten ihm, dass Lily ihm nur aus dem einen einzigen Grund nichts erzählt hatte, weil sie ihm das Leid und vor allem aber die Hoffnung, dass sie doch noch überleben würde, ersparen wollte. Und trotzdem fühlte er sich unglaublich schuldig, weil er in der schlimmsten Zeit ihres Lebens nicht für sie da gewesen war.

Als er endlich weinen konnte, liefen ihm die Tränen wie Wasserfälle die Wangen hinunter. Auch in den nächsten Tagen verfolgte ihn das Gefühl der Trauer. Er aß fast nichts mehr. In der Schule und sogar beim Sport war er seit Lilys Tod nicht mehr gewesen. Er isolierte sich von seiner Familie und seinen Freunden, igelte sich ein und gab vor, er habe eine ansteckende Krankheit. Währenddessen spielte er ständig mit dem Gedanken, sich das Leben zu nehmen. Er war so unglücklich ohne Lily, dass er das Gefühl hatte, es nicht mehr länger aushalten zu können.

Seine Mutter bewahrte eine Menge Schlaftabletten in ihrem Nachttisch auf – das wusste er schon lange. Er hatte recherchiert, dass eine Überdosis dieser Tabletten tödlich sein konnte. Heimlich schlich er sich in das Zimmer seiner Eltern und nahm sich eine Packung mit den Tabletten aus der Nachttischschublade. Spät in der Nacht nahm er dann eine Hand voll Tabletten ein.

Die Wirkung setzte eine Stunde später ein. Kurze Zeit später wurde es dunkel um ihn herum.

Das nächste, was er sah, war das besorgte Gesicht seiner Mutter, die sich über ihn gebeugt hatte. Er verstand nicht. Warum war er nicht tot?

Später erfuhr er, dass seine Mutter ihn nur wenige Minuten, nachdem er das Bewusstsein verloren hatte, gefunden hatte, mitsamt der leeren Schlaftablettenpackung. Sie hatte sofort einen Krankenwagen gerufen und im Krankenhaus wurde ihm dann der Magen ausgepumpt.

Deshalb war noch am Leben. Er hatte überlebt. Eigentlich sollte er erleichtert sein. Doch das war er nicht. Er war immer noch todunglücklich und er wusste, dass er dies auch für immer sein würde. Er würde niemals wieder glücklich werden und bis an sein Lebensende nichts weiter als Trauer fühlen.

Zwei Wochen nach seinem Selbstmordversuch besuchte Finn zum ersten Mal Lilys Grab. Er wusste, dass dort nur ihre Asche ruhte – ohne Urne, wie es Lilys Wunsch gewesen war. Dort lagen also nur noch die letzten Überreste ihres Körpers in Form eines staubartigen Gemischs. Finn näherte sich dem Grab. Durch den Schleier von Tränen, die ihm das Gesicht hinunterliefen, nahm er unvermittelt etwas wahr: Direkt auf ihrem Grab waren Blumen gewachsen. Weiße

Chrysanthemen. Sie waren nicht eingepflanzt worden, das erkannte er sofort. Sie wirkten so, als ob sie schon immer dort gestanden hätten. Die Blumen waren aus der Asche von Lily gewachsen. So musste es sein, denn ansonsten waren weit und breit keine Blumen zu sehen.

Finn besuchte das Grab von diesem Tag an jede Woche, um dort um Lily zu trauern. Die Blumen standen bei jedem Besuch unverändert an Ort und Stelle. Finn konnte sich dies nicht erklären. Sie verwelkten nicht. Sie waren das einzige, was ihm von Lily geblieben war.

Henning Hackstein – Der mutige Soldat

Seit unser Vater vor einer Woche gestorben war, ging es mit unserem Leben bergab. Nicht nur verloren wir so auch unser letztes Elternteil, er hatte auch dafür gesorgt, dass wir essen auf dem Tisch hatten. Er besaß einen kleinen Laden, den mein älterer Bruder, der neben meiner kleinen Schwester – sie war das jüngste Kind – meine einzige Familie war, übernehmen sollte. Doch er war ein Taugenichts, der zu viel trank und spielte.

Als wäre das noch nicht schlimm genug gewesen, kam an diesem Tag ein Soldat der Armee. Ich öffnete ihm und er begrüßte mich mit typisch soldatischer Knappheit: „Auf Befehl des Oberbefehlshabers soll jede Familie ihren ältesten Sohn stellen, um in der Armee, für Gott und Vaterland zu kämpfen und es gegen den Feind zu verteidigen." Er drückte mir einen Zettel in die Hand, nickt kurz und verschwand.

Der Feind war unser Nachbarland, welches uns wegen unserer von Ressourcen den Krieg erklärt hatte. Wie ich meinen Bruder kannte, würde er auf Teufel komm raus nicht in die Armee eintreten. Wider besseres Wissen ging ich, um ihm die Nachricht zu überbringen: „Ich in der Armee?! Wie kommst du denn auf so etwas?"

Mit diesen Worten ließ er mich stehen, ging in sein Zimmer und schloss ab, ohne dass ich ihm den Zettel geben konnte, den mir der Soldat gegeben hatte und auf dem stand, dass jede Familie, die nicht ihren ältesten Sohn schickte, stattdessen ihr jüngstes Kind schicken müsse, um im Lager zu arbeiten. Die Meldefrist lag bei einer Woche.

Jeden Tag fragte ich meinen Bruder, wann er denn gehen würde, um sich einzuschreiben, und jeden Tag erhielt ich dieselbe Antwort: „Geh mir nicht auf die Nerven!" Als ich ihn am fünften Tag fragte, lallte er, ich solle doch selber gehen. Ich grübelte darüber nach, dachte an meine kleine Schwester, an ihr strahlendes bezauberndes Lachen und daran, was man ihr im Lager womöglich antun würde. Am sechsten Tag ging ich erneut zu meinem Bruder, diesmal um mich zu verabschieden, doch er schlief seinen Rausch aus. Meine kleine Schwester kam ins Zimmer und fragte was los sei. „Du musst auf deinen Bruder aufpassen. Ich gehe fort. Wenn ich wieder da bin, reden wir." Mit jedem Wort, das ich, veränderte sich ihr Gesichtsausdruck, bis am Ende nur noch ein steingrauer Gesichtsausdruck des Entsetzens übrig geblieben war.

Schweren Herzens ließ ich sie stehen, packte meine Sachen und ging zum Militärlager, um mich registrieren zu lassen.

„Du hast doch einen älteren Bruder, oder etwa nicht?", fragte der Kommandant ohne Umschweife und deutete fragend auf die Einwohnerliste unseres Dorfes. „Warum ist er nicht hier?"

Ich erklärte ihm, dass ich an seiner Stelle gekommen sei. Ein erstaunter Ausdruck erschien auf dem Gesicht des Kommandanten, als er mich fragte, warum ich nicht weggelaufen sei. Schließlich müsse der älteste Sohn zur Armee, kein anderes Familienmitglied dürfe einspringen. Ich müsse daher ins Arbeitslager. So sei das Gesetz.

Mit dem bezaubernden Gesicht und dem strahlenden Lächeln meiner Schwester vor Augen, fiel es mir leicht zu entgegnen, dass mir das bewusst gewesen sei und ich nur gekommen sei, um die Ehre meiner Familie zu schützen.

So wurde ich auf Befehl des Kommandanten in eine Zelle gesperrt, bis mir eine Aufgabe zugeteilt würde. Ich weiß nicht, wie lange ich da war, denn ich sah nur die grauen Wände meines Gefängnisses und hörte nur die Stimmen meiner Mitgefangenen, die um Gnade flehten.

Der klang leiser Stimmen weckte mich aus einem unruhigen Schlaf. Das erste, was ich sah, nachdem mein Blick sich geklärt hatte, war das tränenüberströmte Gesicht meines Bruders vor der Gittertür. Er hielt ein Blatt Papier in der Hand. „Warum hast du es mir nicht gesagt?", flüsterte er mit tränenerstickter Stimme. „Ich hätte mich doch freiwillig gemeldet." Verständnislos sah ich ihn an. Schließlich war es kein Weltuntergang für die Armee zu arbeiten. Er hielt mir den Zettel hin und da erkannte ich ihn. Es war der Einberufungsbefehl. Ich zuckte mit den Achseln, verstand nicht, was das Problem sein sollte. Da drehte den Zettel um, hielt ihn an das Gitter, so dass ich das Geschriebene lesen konnte. Wie in Trance las ich, dass bei einem Übermaß an Kriegsdienstverweigerern, die jüngsten hingerichtet werden sollten.

„Sie wollen dich hinrichten", schrie er mich fast an. „Der einzige Grund, warum ich überhaupt mit dir reden darf ist, weil ich ihm alles erklärt habe. Die Frist ist noch gar nicht abgelaufen!" Dann begann er zu schluchzen. „Der Befehlshaber sagte, es tue ihm leid, aber Befehl sei Befehl. Du seiest eben zu früh gekommen, um dich als Verweigerer anzubieten. Das könne er nicht wieder rückgängig machen."

Seine Worte waren kaum verklungen, da näherten sich auch schon schwere Schritte und zwei Soldaten schlossen meine Zelle auf. Ich erkannte einen von ihnen. Er war unser Nachbar: „Warum hast du nicht gesagt, dass du eine kleine Schwester hast?", murmelte er, als sich mich die Treppe hoch schleppten, die in den Innenhof führte. „Sie ist zu jung, um zu arbeiten. Sie hätten deinen Bruder schon geholt, denn dich hätten sie als ihren Vormund gebraucht."

Es war früher morgen und die ersten Sonnenstrahlen beleuchteten drei Galgen, unter denen schon zwei junge Männer standen. Ein Galgen war noch frei. Mein Bruder, der hinter uns lief, weinte hemmungslos: „Ich hätte gehen sollen. Ich hätte gehen sollen."

Ich stand nun direkt unter dem Strick. Der Kommandant verlas jedem von uns den Grund seiner Hinrichtung. Bei mir angekommen, trat er näher und flüsterte er mit trauriger Stimme: „Dein Bruder hat mir alles erzählt. Ich werde dafür sorgen, dass es deiner Familie an nichts mangeln wird."

Ich konnte nur nicken. Er gab das Zeichen und das raue Seil des Stricks zog sich eng um meinen hals. Ich spürte noch, wie ich hochgezogen wurde und hörte einen verzweifelten Schrei. Für einen kurzen Augenblick hatte ich das Gefühl, als betrachte ich mich selber als Zuschauer, wie da zuckend am Galgen hing, wie mein Bruder zusammengekrümmt auf dem Boden lag. Dann war alles dunkel.

Man erzählt sich, dass der Kommandant in Anerkennung meines Opfers einen kleinen Schrein errichtet habe, auf dass er den Männern denselben Mut schenken möge, den jener junge Mann an jenem Tag gezeigt habe. Mein Bruder habe, wie man weiter berichtet, nie wieder eine Flasche angerührt und seinen kleinen Laden mit großem Erfolg geführt. Meine kleine Schwester hingegen habe meinem Bruder nicht verzeihen können und sich ihr Leben lang schuldig gefühlt. Ihr bezauberndes und strahlendes Lächeln ward nie wieder gesehen.

Herstellung und Verlag:
BoD – Books on Demand, Norderstedt
ISBN: 978-3-7494-3105-2